袁小良与美国前国务卿基辛格（左一）

袁小良为国际著名华裔建筑大师贝聿铭83岁生日祝寿

袁小良、王瑾夫妇与著名京韵大鼓表演艺术家骆玉笙（左一）

袁小良、王瑾夫妇与著名评书表演艺术家刘兰芳（中）在澳门

袁小良与姜昆（左三）在韩国

袁小良在日本金泽大学演出后接受采访

袁小良、王瑾夫妇与著名相声演员牛群（左二）、著名评弹表演艺术家余红仙（右一）

袁小良、王瑾夫妇同获"十大评弹明星"称号后与女儿及外甥合影

"良粉"见面会

袁小良在台湾东吴大学为"粉丝"签名

袁小良给狂热的小"粉丝"签名

吴袁吴故

袁小良「苏派活口」作品集

袁小良 著

苏州大学出版社
Soochow University Press

图书在版编目(CIP)数据

吴袁吴故:袁小良"苏派活口"作品集/袁小良著
.—苏州:苏州大学出版社,2016.4
(吴文化艺术丛书)
ISBN 978-7-5672-1658-7

Ⅰ.①吴… Ⅱ.①袁… Ⅲ.①苏州弹词－中国－当代
Ⅳ.①Ⅰ239.1

中国版本图书馆CIP数据核字(2016)第071930号

书　　名:	吴袁吴故:袁小良"苏派活口"作品集
著　　者:	袁小良
绘　　画:	范其恢
策　　划:	苏州融镕文化传播有限公司
责任编辑:	朱绍昌　欧阳雪芹
装帧设计:	吴　钰
出版发行:	苏州大学出版社(Soochow University Press)
出 版 人:	张建初
社　　址:	苏州市十梓街1号　邮编:215006
网　　址:	www.sudapress.com
印　　刷:	苏州恒久印务有限公司
邮购热线:	0512-67480030
销售热线:	0512-65225020
开　　本:	889 mm×1 194 mm　1/16　印张:18.25　插页:2　字数:246千
版　　次:	2016年4月第1版
印　　次:	2016年4月第1次印刷
书　　号:	ISBN 978-7-5672-1658-7
定　　价:	58.00元

凡购本社图书发现印装错误,请与本社联系调换。服务热线:0512-65225020

序 一

朱寅全

著名评弹表演艺术家袁小良出身评弹世家,父亲袁逸良、母亲马小君均为老一辈弹词名家,所以他自幼受到家庭的熏陶,十岁开始学习评弹,1979年考入苏州评弹团。

古之学者必有师,袁小良先后拜龚华声、尤惠秋、薛小飞为师。他博采众长,勤奋探索,说噱弹唱俱佳,刚柔并济,绘声绘色,形成了自己独特的风格。从业三十八年,如今已桃李满天下。

宋代文人陆游诗云:"汝果欲学诗,功夫在诗外。"诗外功夫的含义,要求诗人能博采众长,重视艺术修养,了解民间生活,感受自然景观,在学习上狠下功夫,以触发诗性,写出有真情实感的诗篇,评弹创作也是如此。

袁小良别出心裁,独辟蹊径,才华横溢,从《小良评弹》开始到《吴袁吴故》的创作,孜孜不倦,坚持不懈,并一发不可收,分别在《苏州广播电视报》《扬子晚报》、上海《真情》杂志等开辟专栏,陆续登载,自成一派,独树一帜,开辟了报上看评弹的新路子,引起了读者的赞赏和轰动。

《吴袁吴故》发扬传统,有人物,有情节,有矛盾,有笑料,作品旁征博引,深入浅出,添油加醋,活泼生动。一口嗲糯的吴侬软语,一种富有特色的袖珍评弹,一篇短小精悍的千字文章,一个书场之外的片断精彩,沁人心脾,让人莞尔一笑,回味无穷,从另外一个角度品味评弹艺术的奥妙。

《吴袁吴故》来自生活，贴近现实，有歌颂，有鞭挞，有警示，有讽刺，喜怒哀乐，情深意长，生动有趣，读来使人心情舒畅。

　　《吴袁吴故》的苏州方言，细声软语，读来顺口亲切。对白、独白、咕白，有俏皮语、歇后语、时尚语，语汇丰富，引人入胜，是一个个用苏州话讲得好听的小故事，也给新苏州人一个学习的好机会。

　　《吴袁吴故》题材广泛，上至天文，下至地理，古今中外，山南海北，百业百行，风霜雨雪，春夏秋冬，书画金石，民生民意，紧紧把握时代脉搏。理、味、趣、奇、细，巧妙地将传统技法和现代时尚结合在一起，常写常新，读趣天成，倾心演绎，乐此不疲。对中华文化的这份珍贵遗产和提高评弹艺术的研究、发展、推广、集成是一件别出心裁的好事和实事。小良也因此成了一个富有影响的专栏作家，正可谓是：

　　吴侬软语苏意浓，飘然遗兴最从容。

　　篇篇都有真情趣，信手纵横巧夺工。

（朱寅全：原苏州市文联副主席，著名作家、评弹理论家）

序 二

张继馨

民族艺术都讲究于现实中蕴含趣韵,往往言在意外,或在不言中。如评弹艺术的特点是善用矛盾或对比,善用塑造典型形象,善用艺术反映历史和生活,善用地方语言,善用通过评述来增加感染力。

我和袁小良艺友相识交往已有多年,但只知道他是说噱弹唱俱佳的评弹名家,意想不到的是"冷镬子爆出热栗子",在《苏州广播电视报》和《扬子晚报》上,连续刊载《小良评弹》专栏文章,而且居然一写就是十年之久。难怪开始时有些观众有琐议,认为有代笔作秀之嫌。这一现象也是正常的,因为写作不是他的专长。如我仅小学文化,年少即到处漂泊打工,"文革"后期调入工艺美术系统的职业大学,任教期间,开始把平时"道听途说"的趣闻和"绘画心得"发表在各地报纸杂志上,当时也有人认为我背后有人在"捉刀",我不做申辩和解释,时间一长,这一悬疑也就在无形中消失了。小良此举也类似。

我长期阅读《苏州广播电视报》,所以小良的文章我必读,因为他的文章像说段子那样逗人发笑。我认为这仅是表面现象,如果你仔细深入去品味一下的话,就会像中国画一样,在笔情墨趣变现形式下,蕴含着文学深度,会给观赏者来个醇美的回味。

现不妨对小良的短文做一解读,我觉得颇有比喻生动和巧妙联想的长处。他在"后记"中说:"我与书,它升华了我,也陶醉了我。在我之前,你并不认识我是谁。你

认识的是今天闲趣的我,书使我成了今天的我。"所以,小良能破壳而出,成为空中自由飞翔且多姿多态的蝴蝶。

如《我是"妻管严"》一文,叙述自己和王瑾夫妻档的种种趣闻。小良在家主婆(老婆)面前有呼必应,有事必做,使王瑾十分满意,相互恩恩爱爱,和和睦睦。小良坦言是深谙个中三昧,所谓"妻管严",无非是装模作样骗家主婆的手段。又如《千有理,百弗错》篇,目前确实有些老一辈的父母,干涉子女的婚姻自由,致使子女错过了男大当婚、女大当嫁的机遇,而成剩男剩女。在文章的逗笑中,奉劝某些家长应给后辈婚恋上的自由。

最后,我认为不论是评弹也好,还是文章也好,抑或是书画也好,虽然艺术类别不一,但都多少蕴含着正直无私、爱人以德劝勉的含义。

(张继馨:著名画家,江苏省花鸟画研究会名誉会长,苏州美术家协会名誉主席)

目录 Contents

作骨头 / 2
瞎攀谈 / 4
下　雨 / 6
因祸得福 / 8
路　名 / 10
买衣服（一）/ 12
买衣服（二）/ 14
鉴　宝 / 16
青花瓷 / 18
热情过头 / 20
唱　歌 / 22
草　脚（一）/ 24
草　脚（二）/ 26
草　脚（三）/ 28
草　脚（四）/ 30

地震发生时 / 32
地震了 / 34
吹牛新传 / 36
打呼噜 / 38
东施效颦 / 40
烧　烤 / 42
碰　瓷 / 44
取　钱 / 46
坏事变好事（一）/ 48
坏事变好事（二）/ 50
坏事变好事（三）/ 52
遵章守纪 / 54
千有理，百弗错 / 56
得不偿失 / 58
整　容 / 60

夫妻之道 / 62
白字流氓 / 64
法兰西之行:老外吃粽子 / 66
投桃报李 / 68
反客为主 / 70
感　动 / 72
赶时髦(一) / 74
赶时髦(二) / 76
父　亲 / 78
感冒害煞人 / 80
胡调麻子 / 82
好　人 / 84
婚前婚后 / 86
健忘症 / 88
讲错闲话唱豁边 / 90
唱错词 / 92
方晓得 / 94
宇宙观 / 96
借　口 / 98
借　醋 / 100
看美人 / 102

看　病 / 104
考女婿 / 106
看走眼 / 108
空调车 / 110
老话讲得好 / 112
乐　感 / 114
论打扮 / 116
眯趣眼 / 118
近视新传 / 120
麦　霸 / 122
助听器 / 124
重温旧梦 / 126
自动门 / 128
寿男人 / 130
阿木林 / 132
烤　熟 / 134
寿得淌淌底 / 136
坐火车 / 138
追火车 / 140
司　仪(一) / 142
司　仪(二) / 144

主持人（一）/ 146
主持人（二）/ 148
主持人（三）/ 150
拎勿清 / 152
拎勿清新传 / 154
爱国八哥 / 156
败亦堵车，成亦堵车 / 158
拆穿西洋镜 / 160
藏獒 / 162
"妻管严" / 164
我是"妻管严" / 166
又见"妻管严" / 168
匕　首 / 170
还是"妻管严" / 172
念　佛 / 174
年　龄 / 176
闹　鬼 / 178
拖油瓶 / 180
自说自话 / 182
偷　窥 / 184
跳　楼 / 186

天价馄饨 / 188
太浪费 / 190
失　忆 / 192
生儿子 / 194
胎　教 / 196
算命新传 / 198
口　误（一）/ 200
口　误（二）/ 202
韭菜饼 / 204
访欧见闻（一）/ 206
访欧见闻（二）/ 208
访欧见闻（三）/ 210
访欧见闻（四）/ 212
访欧见闻（五）/ 214
上下不分 / 216
瞎起劲 / 218
墨守成规 / 220
显　宝 / 222
学以致用 / 224
巧说恋爱史 / 226
让　座 / 228

清　明 / 230
认　路 / 232
触　磨 / 234
城里人真好 / 236
"纯净水"洗碗 / 238
打　针 / 240
读　卡 / 242
家　书 / 244
假客气 / 246
家长会 / 248
警察来哉 / 250
买彩票 / 252
名　片 / 254

秘　方 / 256
拍　照 / 258
冼不哉 / 260
坐公交车 / 262
言多必失 / 264
章鱼和鹦鹉 / 266
啥人作孽 / 268
活学活用 / 270
加　油 / 272
戒　烟 / 274
重磅作品 / 276

后　记 / 278

作骨头

我到外地去只要讲自己是苏州人,别人就会说,苏州好,苏州话好听,苏州姑娘漂亮。其实,苏州话确实好听,但姑娘漂亮未必。她,身高不如东北人,丰盈不如山东人,清秀不如杭州人,时尚不如广州人,谈吐不如上海人……但有一样绝对是全国第一,那就是"作"。俗称"作骨头",它介乎发怒与撒娇之间,似嗔似怨,或怒或悲,很难用语言来形容。许多外地男人都为之倾倒而争先恐后迎娶苏州女子。

但"作"要作得恰到好处,如"作"过了头,也是吃不消的。我同事的女儿去年结婚,那个"作骨头"的功夫实在厉害。

丈夫下班刚到家:"老公,我弗开心呀!""啥体?""因为我看见对门格女主人有一只LV包包,我亦要!""好格,明朝搭倷买一只!"

第二天又来了:"老公,我弗开心。""啥体?""因为楼浪向格女主人从来弗做家务格!""好格,明朝请个钟点工做家务!"

第三天还来:"老公,我弗开心。""啥体?""因为下头格女主人身材比我高!""家主婆啊,女人要矮一点的,小巧玲珑。就是因为倷矮我才娶倷格!"

第四天继续"作":"老公,我弗开心!""啥体?""因为前头格女主人皮肤比我白!""家主婆啊,白有啥好呐?外国的有钱人故意要晒黑,格个叫健康美,我喜欢!"

第五天"作"得更厉害:"老公啊,我弗开心!""啥体?""今朝我真格弗开心!""到底为点啥?快点讲呐!"

"因为后头新搬得来格家人家格女主人作骨头功夫比我还要结棍,我气煞哉!!!"

瞎攀谈

说书先生在正式演出前总要讲几句开场白,基本上是生意兴隆、升官发财之类的吉利话。但近年来有所变化,观众们对健康长寿的祝福更感兴趣。确实如此,地位再高,金钱再多,事业再成功,一切都有了,但命没了,还不是空的?

所以,长寿成了目前中老年人的重要话题。据我观察,长寿老人的性格都是开朗、豁达、随和与善良的。而且还有一个特点,就是都有点耳背,但嘴上又不肯承认,家母就是其中的代表。

母亲已八十五岁,那天在小区门口碰到八十八岁的邻居张老伯,两个人见面后都非常热情,提高嗓子在打招呼:"袁师母啊,侬好!"

"张伯伯啊,侬好!"

"袁师母,侬阿是出去碰麻将啊?"

母亲耳背,听不清对方问的话,管他呐,回答了再说:"张伯伯,我弗是去买菜,我是去碰麻将呀!"

张老伯耳更背,反正顺着自己的思路讲:"哦,我当侬去碰麻将,原来侬是去买菜啊!"

母亲想,不能让你叮着问,我也要主动出击:"张伯伯,侬阿是去听书啊?"

张伯伯回答得很爽快:"弗是格,我弗是去打拳,我是去听书呀!"

母亲接得更绝:"哦,我当侬去听书,原来侬去打拳啊!"

哈,真格是勒浪瞎攀谈。但,不管是瞎攀谈还是假敷衍,开心健康长寿就好!

下 雨

最近我迷上了步行,每天上班后凡是在古城区内办事一律步行。总结下来有三大好处:一是减少拥堵;二是节约汽油;三是强身健体。每日坚持,乐此不疲,双休日也一如既往。

我住在青剑湖边上,上个星期天,午饭后换好运动装,老规矩,要沿着新建的环青剑湖步行道绕一个圈子,来回正好一个小时。不料,刚走到半路,太阳躲进了云层,天色也暗了下来。这时,接到一条短信,一看是妻子发来的:老公,如果下雨的话打个电话给我。

看到这条短信,只觉得一股暖流涌上心头:老婆多好啊,万一下雨,她就开车来接我,好温暖哟!果然,刚走到一半,突然下起了大雨。我想,妻子平时上班早出晚归蛮辛苦的,今天礼拜天就让她好好歇歇吧,她关心我我更要照顾她!所以毅然决然,不打电话,不要她接。顶风冒雨奔到家里,上楼一看:只见她躺在沙发上,手上捧着iPad,睡得正香。

听见脚步声,她睁眼一看:"小良,倷已经转来哉!""是格!""咦,小良,哪亨倷身浪向淌淌滴呀?""家主婆啊,告诉倷,外头勒浪落大雨哉,我怕影响倷休息,所以有意弗打电话,自家跑转来格,我阿好啊?""啊?啥物事啊?落雨哉?格末弗好哉!"妻跳仔起来:"我勒下头花园里晒仔一条鸭绒被头,两条羊毛毯子,三件皮夹克,四件羊绒衫,五块围巾,六……我叫倷落雨打电话是提醒我下去收被头呀,倷当仔来接倷啊?想倷格弗穿!"她边说边往楼下冲,还不忘瞪了我一眼:"收好衣裳搭倷算账!哼哼!"

因祸得福

有句顺口溜叫"高官不如高薪,高薪不如高寿",说明长寿在人们心中是多么重要。

据科学家测算,人的寿命可以达到两百五十岁,但中国人的平均寿命只有七十二岁,长命百岁就成了一代代人的梦想,从秦始皇东瀛蓬莱岛寻访长生不老术,到汉武帝服食不死丹,古往今来,莫不如此。

我单位在平江路旁,每天有位头发雪白的老人在门口来来回回走,引起了我的注意。昨天我把他拉住,聊起了家常:"老阿爹,请问侬高寿?""小嘞,只有九十八岁嘞!"

啊?我呆脱了,九十八岁还这么精神,赶快讨教养生之道:"请问哪亨保养格,阿有啥秘诀?""呒不格,香烟老酒样样吃,红烧肉每日弗断,啥格高脂肪、高蛋白,来者不拒,从弗忌口!到现在一样毛病亦呒不,身体好得弗得了!"

"咦,格末到底啥格原因会得身体实梗好呐?"最后老人在我软缠硬磨之下,透露了秘密:"关键是我家主婆。"

"哦,格末明白哉,侬格老家小肯定是个贤惠善良、温柔体贴格好夫人,拿侬服侍得实梗好,阿对?"

"错,大错特错!"

"啥意思?"

"我格家主婆脾气火爆,我搭俚结婚七十年来,三天一大吵,一天三小吵,吵到最后,俚总归骂一句:'老头子,侬搭我滚出去!'我呒不办法,只好出去。从平江路到干将路,从干将路到临顿路,从临顿路到东北街,实梗三个圈子兜下来,起码十五里路。所以七十年来,我赛过每日天勒浪快走练身体呀!"

原来如此,真格是因祸得福。

袁小良『苏派活口』作品集

路　名

　　上有天堂下有苏杭,这句话世人皆知。但为何苏州在前,杭州在后,一直是颇有争议的话题。依在下愚见,一是为了押韵;二是因为苏州的园林美食、小桥流水、昆曲评弹等举世无双的特色;还有一点也是相当重要,那就是古时候苏州的路名。

　　我出生在阊门石路,那可是"红尘中一二等富贵风流之地",南浩街、北浩弄、渡僧桥、山塘街;读小学时搬到了胥门,侍其巷、朱家园、学士街、万年桥;后来又搬到了平江路,大儒巷、丁香弄、陆葭巷……每一个地名都有着深深的文化底蕴,也留下了许多童年的回忆。

　　斗转星移,转眼到了2000年,我率先在园区买了房子。但是,没几年,我搬家了,当然是买了更大更好的房子,不过有一个因素不可忽视,也是地名,当然是现代人取的名字:星华街、星港街、星海街、星汉街、星湖街……住了八年,实在搞不清哪条路是哪条路,所以搬到了相城。

　　不料上路一看,傻眼了——润元路、嘉元路、建元路、华元路、创元路、开元路……列位看官,您能分清哪条路是哪条路吗?又住了五年,还是搞不清,再搬!

　　这次搬到了青剑湖畔,环境好、空气好、房子好……样样好,但昨天开着车留神一看,犹如五雷轰顶,顿时目瞪口呆!只见一路之上的路名:亭青街、亭澄街、亭阳街、亭翔街、亭湖街……我的个老天哪,我不想搬家了呀!

　　这几天我经过深思熟虑,做出了一个重大决定:在我有生之年除了致力于振兴评弹艺术和写好《小良评弹》专栏之外,还要穷我的余生搞清楚哪条路是哪条路。

　　嗨,取路名的同志们,你们太有才了!

袁小良『苏派活口』作品集

买衣服（一）

现在生意难做,所以一些不法商家绞尽脑汁,遍地设置陷阱,让人防不胜防,稍不留神就掉坑里了。

宰熟人不用多说,宰了你还要谢谢他;免费试用那是肯定不能碰的;在新村口穿白大褂的绝对是冒充医生推销保健品的,不把你的退休工资榨干不罢休;还有在小马路上一直有什么不知名的饼店啊、烧鸡烤鸭店新开张,门口有许多人在排队,那是雇来的托,每人按时间给他们五十元到二百元不等。

朋友郭某极其精明,喜欢占便宜,锱铢必较,用苏州人俗语讲,就是门槛精得九十六。他经常自诩:活仔几十年,从嚫吃过亏。啥人要想骗郭某铜钿,那是鼻头浪挂鲞鱼——嗅鲞(休想)!

那天郭某去逛街,走进一家小服装店,看中一件外套,上面没标价钱,问一下吧,价钱合适就买下来。"服务员,服务员,服务员!"接连叫了好几声,从货架后面走出个七十岁左右的老太,行动迟缓:"倷……倷阿是喊我啊?""倷……倷是服务员?""是格,上仔年纪哉,耳朵弗大好,刚刚听见,倷阿是要买衣裳?""是格,倷看看该件外套啥价钿?""倷等等,我问问老板啊!"老太转过身来,对着阁楼上喊:"老板啊,有人要买进门靠右手第三件最新款式咖啡色格夹克衫,啥格价钿啊?""最低价,一口价,弗还价,五百五十八块!""啥物事啊?""五百五十八!""几钿啊?""五百五十八!!!""哦……晓得哉!"老太回过来笑眯眯地说:"倷老板讲格,一口价,两百五十八!"郭某听得清清楚楚是五百五十八元,心中暗喜,表面不露声色,以最快的速度付钱拿衣走人,回到家里开心得一晚上没睡着。不料,第二天路过另外一家店,一模一样的衣服标价是一百五十八元!

买衣服(二)

每个人都有特别的嗜好,或抽烟或喝酒,或下棋或打牌。但我好像没有(从五年前开始麻将也不打了),真可以说是:烟酒茶不碰,黄赌毒不沾。太太戏说我是天下第三好男人(一个死了,一个还没生)。其实严格来说,还是有的,那就是购物。大到汽车手表,小到皮包衣服,特别是买衣服,简直就是"见好爱好,弃旧恋新"。

前几天是五一小长假,按捺不住又去南门泰华、观前美罗等兜了个大圈子。后来逛到临顿路看到新开了许多服装店,但也没什么喜欢的。偶然走进一家店,看到挂了好多衣服,各种款式都有,T恤、西服、羊毛衫、皮装等一应俱全,不但款式新,而且价钱便宜,都只有一百元左右,最低的只要二三十元,最贵的在美罗标价二万八千元一件的名牌皮装这里只要二百五十元!

简直不敢相信,我怕弄错了:"服务员,上头标格价钿阿对格?""当然对格,如果有贵宾卡还可以打八折。"

我不由一阵狂喜,但还是故作镇静:"格末蛮好,请倷帮我拿一件皮装、两件西装、三件羊毛衫、四件衬衫……总之,我全部包下来哉!"

"可以格,请先生拿发票出来!""啊?发票应该唔笃拨我格活?""咦,奇怪哉,先生倷弗拨我发票,我哪亨拿衣裳拨倷呐?""该搭是……"

"倷是洗衣店!"

袁小良『苏派活口』作品集

鉴 宝

央视"鉴宝"栏目来到了苏州,这是个收视率相当高的栏目。常言说:乱世黄金,盛世收藏。这几年,许多人手上有了余钱,就琢磨着怎样使这些余钱升值,收藏也就成了投资热门。所以,"鉴宝"栏目的到来就成了一个亮点,而我也有幸被电视台邀请到现场做嘉宾点评。

节目播放那天,我们一家正好在我丈母娘家吃晚饭,我扬扬得意地对一家人说:"大家快点来看啊,平常日脚唔笃一直勒浪电视里向看我唱评弹,今朝来看我点评文物古董格水平啊!"

打开电视调到这期节目,大家看了起来。当节目放到一半时,突然,只听我丈母娘对着电视机在自言自语:"咦,像格,真格像格!"我对屏幕一看,只见一个特写镜头是北京来的一位文物专家在鉴定一枚古钱币。"丈母娘,啥格'像格'?"她还是目不转睛地盯着屏幕:"是格,是格,一模一样,一模一样!"

我不由喜出望外,那可是价值不菲的文物,难道……"丈母娘,倷快点讲,啥格'像格'?""小良啊,倷快点看呐,格位北京来格老专家手里拿格放大镜搭倷老丈人用格放大镜一模一样格呀!"

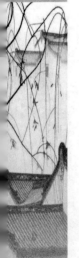

鉴宝

青花瓷

我参加的"鉴宝"栏目播出后,许多亲朋好友都把家里珍藏的宝贝拿来让我看一下是真是假。

有一天,大表哥兴冲冲地提着一个木盒到我家里,打开一层又一层,最后,小心翼翼地捧出一个大海碗:"小良啊,该只碗是前年我花两万块洋钿收得来格,叫'青花瓷',据说是清朝康熙年间格。倷帮我看看阿是真格!"

哦,我一听喜出望外,康熙年间的青花瓷可是瓷中极品,如果是真的话起码上百万,那大表哥的儿子上大学、买房子基本可以解决了。

我连忙接过碗细细一看:蓝色花纹青翠欲滴,整体幽倩美观,明净素雅,好品相啊!我把碗翻过来一看,碗底有一大块污渍,粘得很牢,到厨房水龙头上动用了洗洁精、去污粉等,费了很大劲,总算先露出了一个字"波",啥意思啊?

"小良啊!"表哥激动地叫了起来,"我晓得哉,'波',就是波斯国,清朝康熙皇帝当时勒浪全世界是最狠格,所以格只碗一定是波斯国进贡拨康熙格,是贡品呀,弗得了哉!"

"表哥啊,勿激动,全部看清爽仔再开心!"

费了九牛二虎之力总算把所有污渍全部洗清,只见碗底露出了八个字:此碗适用于微波炉。

热情过头

话多是热情的表现,但是过于热情有时候难免让人受不了。

那天一早,我去吃面,刚坐下拿起筷子想吃,"哎哟!侬阿是袁先生?"我一看,不认识,肯定是热心观众。我也很有礼貌,放下筷子:"是格,侬好。"

"蛮好,蛮好,袁先生阿是来吃面呀?"(我不端着碗吗?)

"对格,对格。"

"好极哉,格末袁先生侬吃吧!"

"谢谢。"我拿起筷子正要吃——

"袁先生,侬吃格啥格面介?"(你不是看见了吗?)

"是三鲜面。"

"蛮好,蛮好,我吃格是焖肉面。吃吧,吃吧!"

我重新拿起筷子——

"袁先生,三鲜面啥价钱呀?"(牌子上全写着呐。)

"十五块。"

"哦,还好了。吃吧,吃吧。"

我拿起筷子捞起面条——

"袁先生,味道哪亨?"(超级废话。)

"朋友,我还嚼吃,等我吃仔再告诉侬,阿好?"

"哦,对格,对格,弗好意思。吃吧,吃吧!"

我心想,味道如何也问过了,总该不会有什么话了吧。赶忙用最快的速度夹起面条放到嘴边——声音又来了!

"袁先生,我真正弄弗懂哉,三鲜面要吃汤面格呀!浇头吃吃,汤水喝喝,鲜滋滋,格末好吃格,侬哪亨吃拌面格呐?"

我实在忍无可忍,大吼一声:"朋友,我本来是买的汤面,拨侬烦到现在,全部涨干哉!"

唱 歌

最近很郁闷,因为新搬来了一户邻居。有邻居好啊,金乡邻、银亲眷。但这家的女主人实在让人受不了,她不赌钱、不打牌、不健身、不跑步,唯一的爱好就是唱歌。人家唱歌形容好听叫莺声呖呖、余音袅袅、绕梁三日……这位女士是鬼哭狼嚎、呼天抢地、昏天黑地。从《甜蜜蜜》到《双节棍》,从《闪闪的红星》到《爱你一万年》,从《东方红》到《算你狠》,通俗、美声、摇滚、民族、评弹、戏曲,无所不会、无所不唱。我去提意见,她还振振有词:"我是早浪向八点钟以后,夜里向十点钟以前唱格,亦弗影响唔笃休息。再说,我格音响是原装丹麦进口格激光环绕八声道立体声再加重低音炮,赛过拨唔笃听免费音乐会,好好叫要谢谢我了!"

更可恨的是小区还有好多条狗,平时跟着主人跑步、玩耍都安安静静的,但现在只要听到这位女士唱歌,那些狗就拼命地叫,不唱不叫,一唱就叫,因为它们也受不了,在抗议呢。苏州有句俗话,形容某个人长得丑,就说他的脸"丢勒地浪狗亦覅吃"。现在是这歌声恐怖到狗也不要听。

后来我又发现一个奇怪现象,每当那女主人唱歌的时候,她老公就到外面花园里散步,她唱半小时,他就散步半小时;唱半天,他就在外面逛半天。"朋友啊!"我实在忍不住好奇地问他,"唔笃家主婆勒浪唱歌,倷哪亨弗坐勒旁边捧场拍手,反而要到外头来散步呐?""小良啊,我怕邻居误会呀!""啥格误会?""因为俚唱得实梗恐怖,大家听见覅认为是我勒浪打家主婆,所以只要俚一唱歌,我马上出来,让大家看见我,晓得弗是我勒浪虐待家主婆,而是俚自家勒浪享受!"

草 脚（一）

最近常州出了件新闻，一位才拿驾照的女子，因下车时忘了拉手刹导致溜车，自己将自己撞成了重伤。据统计，现在全国每天数以万计的大小车祸中，因驾驶技术不过关（俗称"草脚"）而酿祸的比例很高，而其中又以女性居多。

女性开车有几大特点：一是不认路；二是只会开，不懂原理，甚至不知很多仪表开关的功能；三是不会泊车；四是不是特别胆小就是特别胆大。好友周某之妻就是这类女草脚的代表人物。自从和车打上交道后，周妻就麻烦不少，笑话不断。

在驾校第一天上车，上路后，她握住方向盘不知所措，双手发抖，身体僵硬。教练一看，车头歪了，连忙招呼："过来点！"周妻闻听急忙把身体坐过去一点。教练既好气又好笑："叫倷头过来点！""晓得！"周妻忙将脑袋侧过去一点。教练忍无可忍地说："喂！倷阿听得懂？叫倷'头'靠过来呀！"周妻本来就手忙脚乱，给教练一骂，喉咙一响，弄得晕头转向，索性将头全部靠在了教练肩膀上，吓得教练一脚刹车，拉开车门，落荒而逃！（未完待续）

草脚

草 脚(二)

书接上回,好友周某之妻第一天上车就笑话百出,把教练吓得够呛。

正式上路后,其他学员没一个敢坐她的车,因为水平实在搭浆,有诗为证:起步三鞠躬,停车轰隆咚,转弯不刹车,还要闯红灯。

好不容易牛牵马浜熬到考试。上车考试前,教练再三嘱咐:"勿紧张,放松,定心,看见考官要客气,嘴巴要甜,留个好印象,等歇弗会刁难侬,阿懂?""晓得哉!"

周妻口中答应,心内忐忑,坐上考试车,看到考官板着脸坐在旁边,不由得全身僵硬,双手发抖,心跳加速,大腿哆嗦,总算想起教练的话,连忙强装镇静,拔高嗓音:"报告考官,学员向您报到,一切准备完毕,请考官允许我起床!"

"啊?起床?""弗对,弗对,弄错脱哉,是起步,起步!"考官知道她紧张,就和颜悦色地说:"用弗着紧张格,放松点,只当旁边呒不人!"听考官安慰自己,她放松了一点,话也多了起来,不料言多必失:"对格呀,对格呀,今朝出门格辰光,倷老公对我讲格,'勿紧张,要放松,要做到:心中有人,目中无人,旁边格考官只当弗看见。家主婆啊,侬记牢,勿当俚是考官,只当俚是倷屋里向格一只哈巴狗!'"

草 脚(三)

周妻费了九牛二虎之力,补考五次才勉强拿到了驾照。车技虽差,买的却是豪华车,而且还是引擎后置的运动款(发动机在后面的,一般车很少用)。

不料,第一天上路她就洋相百出,在大街上控制不住方向,最后一头冲进了设在马路中间给行人避车的"安全岛",汽车才熄火停住了。

交警过来客气地说:"格位女士,倷哪亨开到'安全岛'里来哉呐?""安全岛?"惊魂未定的周妻松了一口气,"格是我安全哉,否则真格要出事体哉!"

定神之后想重新启动,但怎么也点不着火。她自作聪明地下车想检查一下,到车头打开引擎盖一看:"哎呀呀,哎呀呀!弗好哉,弗好哉!"周妻大惊小怪地喊了起来,"现在格商人真格覅面孔格,偷工减料,哪亨发动机亦呒不格,怪不得发动弗起来!"

正在这时,又有一位女草脚开了和周妻同品牌同款式的汽车路过,连忙停车帮忙,而且非常热情地准备找工具给周妻,不料打开后备厢盖一看:"咦?奇怪哉,奇怪哉!"那个女草脚惊喜地叫了起来,"哪亨我格后备厢里多一台发动机呀?格末蛮好,今朝就借拨倷用吧!"

草脚

草 脚(四)

书接上回。周妻技术虽差,但汽车却是很豪华的,除了前文提及的后置发动机,还有巡航定速、分区空调、自动刹车和卫星导航等高档配置,但绝大部分都是"聋子的耳朵——摆设"。

上个月去南京出差,周妻不肯坐火车,"显格格"一定要自己开车,上了高速公路后,马上打开了从没用过的GPS导航仪。因为是第一次开高速公路,所以特别小心。刚开了几公里,突然,导航仪发出了提示语音:"前方测速,前方测速!"周妻一听,自言自语地说:"我格汽车真格高级格,遇到厕所亦会提醒我格,刚刚吃仔两杯水,还喝仔一杯牛奶,倒是想小便哉!"不料开了一会,不见有厕所:"咦,哪亨厕所咘不呐?是不是开得太快,错过了没看见?"过了一会儿,声音又来了:"前方测速,前方测速!"她急忙放慢速度,睁大双眼寻找厕所,但还是没有。就这样一直开到南京,叫了二十多次,但提醒的地方一个厕所都没有,气得她差点把导航仪砸掉。

回苏州后,她怒火万丈直冲4S店:"唔笃格汽车真格蹩脚格,啥格破导航仪,我要退货!"工作人员问明情况感到奇怪,怎么有这种事啊?"弗相信唔笃跟我开一趟!"重新上高速,果然,导航仪又喊了起来。"大家听,阿是勒浪喊,旁边啥地方有厕所啊?!""哈哈哈!"工作人员一听笑得眼泪都流了下来,"倷听错哉,弗是'厕所',是'测速'!关照倷开慢点,否则要罚款格!"

地震发生时

汶川地震,举世震惊。

看到一篇篇汶川地震的报道,真是心有余悸,因为我虽然生长在被誉为"人间天堂"的苏州,却也经历过一次惊心动魄的大地震。

那还是在1999年的9月下旬,我随苏州评弹艺术团赴台湾地区演出。向来晚睡的我,在凌晨一点多还在床上看报,突然被一种犹如来自地狱般的恐怖啸声惊呆了!数秒钟后,房屋急剧晃动起来了,这就是著名的台湾"九二一"花莲大地震!我发出了肯定是这家酒店里的第一声惨叫:"地震啦!"同一房间的一位男演员梦中惊醒,眼还没睁开,随手拿了一个包就往外逃(里边有他用多年积累的私房钱刚为太太买的一颗0.5克拉的钻戒),一转眼就消失了。据他后来说:从八楼逃到马路上,总共才用了13秒8,速度可与刘翔媲美。

我冲出房间猛敲801室的门:"地震哉!"里边传出一位老演员的声音:"晓得哉!""格末侬快点逃啊!""弗来三呀!""为点啥呐?""因为我勒浪登坑(大便),关键辰光立弗起来呀!"

我哭笑不得,只能敲802室的门,里边是我太太王瑾和她的师妹。两人已经惊醒,吓得浑身无力,根本站不起来,也没法过来开门,双双跌落在两张床之间的地板上。在生死关头,这师姐妹俩做了同一件事——抢了一个皮夹,并不是钱,而是里边都夹着一张照片,一个是五岁的女儿,另一个是四岁的儿子,万一出不来,也要和最想念的人在一起。

这时其他房间里的人都逃了出来,我一看自己还是赤身裸体的,啊呀,不好!堂堂国家一级演员,这种样子给人看到,弗是塌倪苏州男人格台吗?连忙冲回房间,披了浴巾重又逃到楼梯口,再一看没穿鞋,不行!马路上很凉的,万一感冒嗓子哑了明天演出唱不了,怎么对得起观众呐?所以再一次奔回房间穿了鞋。可再出来时,地震结束哉。

地震发生时

袁小良『苏派活口』作品集

地 震 了

近几年地震频繁,那天我们单位早晨开会,因为还有一个女职员黄某没到,所以大家就聊起了地震。有建议家具要在墙上固定的,有建议在床头柜里要多放矿泉水和面包的。还有两人在争论买房子的楼层,一个说要买一楼,逃起来方便,另一个说要买顶楼,因为万一地层塌陷凹下去,顶楼变成一楼正好逃命。

这时,黄某气喘吁吁地进来了,我一看手表,足足迟到了半小时。"小黄啊!"我很严肃地说,"侬刚刚当选团支部书记,应该以身作则,哪亨迟到实梗点辰光呐?""袁老师啊,我气煞哉!""气点啥?""我搭邻居吵相骂呀!""为啥吵?""我仔仔细细讲拨唔笃听啊!"

原来黄某家的对房门三天前刚搬来一个单身男子。前天一早,黄某赶着上班,拿了包,用力把门关上,锁好门,转身正要走。突然,对面大门猛然打开,只见那个男子急匆匆出来,而且上身赤裸,盯着黄某看。未婚的黄某顿时吓得低下眼睑往外就走。

第二天,赶着上班的黄某又急急忙忙地拿着包,关门锁门。正要走,不料对面大门又打开了,那个男子又冲了出来,这次是上身睡衣,但下面只穿了一条三角内裤,圆睁双眼看着她。黄某急忙低头奔下楼梯。

第三天,也就是今天,黄某老规矩,拿包关门锁门。一转身,大惊失色,只见那个男子又冲了出来,而且只穿了一条三角内裤,几乎全裸。

黄某火冒三丈,忍无可忍,破口大骂:"侬有毛病啊?一生一世赠看见过女人啊?侬阿是变态啊?侬只色情狂!侬只色鬼!侬只流氓!"

"冤枉啊,冤枉!我是上夜班格,所以早浪是最最好困格辰光,弗晓得侬格女人实梗弗顾邻居休息,关门格声音'嘭!嘭!'简直是震天动地。我梦中惊醒,当仔地震,所以来弗及着衣裳就冲出来呀!"

吹牛新传

苏州人形容某人说话言过其实就说"讲闲话弗托牢下巴",或是"吹牛弗打草稿"。其代表人物,古代的有祝枝山,我们评弹中有《祝枝山说大话》的唱段:说他家的前门在松江,后门在无锡,假山是翡翠堆的,路灯是夜明珠照的……当代的就数不胜数啦,二十世纪五十年代"大跃进"时的口号"人有多大胆,地有多大产",而现在是"人有多大胆,家有多大财"。吹的家业越大,围着的人越多,生意就越好做。

前日赴一晚宴,席间,收到三张名片,来头吓煞人,均为国际级的董事长、总裁、执行官。三杯酒下肚,三人轮番登场吹嘘。李董说:"我最近勒浪新疆买仔一块地,阿晓得哪亨大?我开仔悍马越野车三日三夜开弗到边,阿大?!"第二位张总不以为然地说:"格种不毛之地,有啥稀奇。我勒浪尼泊尔造仔一个庄园,一天四季分明,地势最高格房间是冬天,海拔最低格房间是夏天,最南面格房间是秋天,最北面格房间是春天。哪亨,阿结棍?!""两位仁兄,"第三位王老板不急不慢地开口了,"唔笃两介头讲得蛮吃力哉,我亦来轧轧闹猛,最近我勒浪俄罗斯西伯利亚造仔一幢摩天大楼,阿晓得有几化高?""弗晓得!""有个清洁工,弗当心从楼顶浪向跌下来,结果半空当中就死脱哉。唔笃猜猜看,哪亨死格?""吓煞脱格?""弗对!""冷煞脱格?""亦弗对!""到底哪亨死格,王老板快点讲啊!""嘿嘿嘿,饿煞脱格!"

吹牛新传

袁小良『苏派活口』作品集

打呼噜

一天路遇一热心读者,问上一期《小良评弹》为何未登,是否身体欠佳。不是的。因为那年是中国共产党成立九十周年,所以我们苏州评弹界组织了一台红色经典节目赴北京演出。

接待单位极为重视,规格颇高,下榻于某内部会所,硬件和服务远高于五星级酒店。但打开房间却傻眼了,只有一张床!而我们是两个人,还有一位是年近七十的老演员。虽然床很大,要近两米,但两个男人睡一张床,那感觉总归是很别扭。

半夜,鼾声如雷。老演员年纪虽大,但打呼噜却异常厉害,而且没有规律,一会儿高一会儿低,一会儿响一会儿轻,或长或短,或快或慢……直到一点钟我给他吵得还没睡着。无奈,我只得重重地咳了一声,倒是蛮灵的,鼾声马上停了,但过了几分钟又来了!我只得五分钟咳一下,十分钟咳一下……直到天亮。

早餐时,他特意坐到我旁边:"小良啊,我昨日夜里困得弗好呀!"啊?我寻思,我给你吵了一夜,反而你睡得不好?

"小良啊,我搭倷几年弗看见,想弗到倷现在格身体出仔毛病哉!""啊?我有病,哪亨我自家弗晓得?啥格病?"

"真格呀!"老演员满脸关切地说,"夜里倷一直勒浪咳嗽,吵得我困弗着,索性帮倷数咳嗽次数,一共咳仔一百二十六声!小良啊,快点去检查身体,倷只肺肯定出仔毛病哉!"

东施效颦

前几年的春晚火了小沈阳,出场费扶摇直上,从几百元飙升至数十万元。究其原因,他的模仿能力实在太强,从刀郎到张雨生、刘德华等,无不惟妙惟肖,难怪受到观众如此追捧。

在演艺界,模仿是一条捷径,若模仿得当,能在最短时间内蹿红;若模仿不当,效果适得其反,甚至弄巧成拙。

记得在二十世纪七十年代末,我考进评弹团,与大我两岁的青年男演员郑某搭档,一起跟师学艺。我们的老师是"小飞调"创始人弹词名家薛小飞。那个时候刚打倒"四人帮",经过十年浩劫,薛老师重返书台,所以大受听众欢迎。

老师开场白说得极好,大致意思就是"好久没上书台,很想念你们"之类的客套话,但每一次都博得听众经久不息的掌声和喝彩声。我们听在耳中记在心里。半年后,跟师期满,十八岁的我和二十岁的师兄郑某单独在上海最大的静园书场"破口"(首次演出)登台。师兄是上首,掌舵的,所以先开口,他的模仿能力特别好,不但将老师的唱腔学得惟妙惟肖,而且连老师的开场白他也学得一模一样:

"各位老听众,唔笃好!(听众拍手)长远弗到上海来演出哉!(听众奇怪)侪要怪'四人帮'弗好,害我吃实梗点苦头(听众惊奇),现在我重登书台,搭大家十几年弗看见,我牵记唔笃得弗得了(听众呆住)。格末听众啊,唔笃阿牵记我呐?"

听众忍无可忍:"侬个小赤佬,阿拉啥人认得侬?侬搭我滚下去!!"

东坡放歌

烧 烤

俗话说："管住嘴，迈开腿。"现代人的疾病越来越多，什么高血压、高血脂、脂肪肝等，统称为"富贵病"，全是吃出来的。

所以，改变生活习惯是当务之急，最重要的是管住嘴，所谓病从口入。有一种不好的饮食习惯是晚饭拼命吃，更不好的是还要吃夜宵，更更不好的是不但吃夜宵，而且吃的是路边烧烤。

吃这种烧烤的害处不比吃毒药差！首先，原料绝大部分是来路不明的过期食品和病禽病畜；第二，调料均为化学物；第三，烟熏火燎容易产生致癌物质；第四，路边灰尘飞扬不卫生……不胜枚举。

虽然烧烤有这么多的害处，但有时香味实在诱人。有一次，我和同事晚上演出结束后，路过一烧烤摊，经不住同事章某的怂恿，坐下来点了几十串烧烤。

我边吃边忍不住开导他："老章啊，格种烧烤还是少吃点，弗卫生。其他弗讲，就说串烧烤格竹签子，等一歇老板全部要回收格，重新串上去，再卖拨客人吃。侬想想看，几化龌龊，几化恶心，几化腻潸啊！"

"小良，侬讲得有道理，我有办法对付格！"章某边说边把自己吃下来的竹签子一根一根折断，得意扬扬地说，"格个办法阿灵？哈哈，老板再也弗能重新利用哉！"

前天，章某又拖我去吃烧烤，盛情难却，更是诱惑难挡，又一次在路边坐了下来。吃了一会，发现一个问题，章某狼吞虎咽一会儿就吃了三十多串，但再也不把竹签子折断了，而是随意往地上一丢。我很奇怪："老章啊，侬哪亨弗拿竹签子折断啊？""小良啊！我回转去之后，思前想后算仔一笔账，还是弗折断格好！""噢，为啥？""因为我拿自家吃格折断，但是别人弗折，今后我再吃，吃来吃去侪是别人格竹签，忒亏哉！所以我还是弗折断，实梗一来，将来我还有可能吃着自家格竹签！所以，还是弗折断格好。侬讲，我阿聪明！哈哈哈哈……"

碰 瓷

据说"碰瓷"是清朝末年一些没落的八旗子弟"发明"的。这些人平日里手捧一件"名贵"的瓷器(当然是赝品)行走于闹市街巷,然后瞅准机会,故意让行驶的马车不小心"碰"他一下,他手中的瓷器随即落地摔碎,于是瓷器的主人就"义正词严"地缠住车主要求按名贵瓷器的价格给予赔偿。久而久之,人们就称这种行为为"碰瓷"。

"碰瓷"现象伴随着社会发展而不断演化,最常见的有"你轧我脚了"、"你剐了我的车"、"你把我撞倒了"等等。尤其是进入二十一世纪以来,碰瓷的花样不断被翻新,使人防不胜防。

一老头在公园打太极拳,一招一式很有力道。一个年轻人见了羡慕不已:"老伯伯,倷格动作漂亮得唻!但是,我想请问一下,该格功夫是真才实货可以派用场呐,还是花拳绣腿做做样子呐?"

老头说:"哪亨拨倷问得出格,我是祖传格功夫!几十年练下来哉,当然是真才实货,弗能讲金刚不坏之身,但起码可以刀枪不入!""啊?弗可能吧?我弗相信!""好,既然实梗,灵弗灵当场试验!""哪亨试?""小伙子啊,我立勒浪弗动,倷打我一拳试试看!""真格?""当然真格,倷只管打,而且要用倷最大格力气打,才能显出伲祖传功夫格威力!""好格,格末老伯伯,我来哉!"

于是年轻人用足全身力气一拳打了过去!

"啊唷哇!啊唷哇!弗灵哉,骨头断脱哉,痛煞哉,有人行凶啊,救命啊!"

结果,小伙子被讹了一万六千元!

取 钱

自从有了柜员机后,大大方便了顾客,普通的存钱取钱业务不用再到营业厅去取号和排队了。

但对我这么个粗心人来说,未必方便,因为没有一次顺利过。比如,不是忘记密码就是输错密码,卡被吞掉,或者是取了钱忘了拿卡,或者是柜员机没钱,或者是钱满了存不进……

有一次,我一切顺利地取到钱后准备出门,但无论如何小房子的门打不开,出不去,急得我拼命拍玻璃引来了保安。经他提醒,才发现推错了方向,应该是右边推出去,我却死命地推左边固定的那扇门。

前天去路边一柜员机取钱,前面有两个人,一个女的在取钱,一个男的排在后面。那女的折腾了老半天,反反复复地就是取不出钱,又是拍又是踢,还是没用。回头一看,后面的男的盯着她看,顿时火冒三丈,把气出到他的身上:"倷……倷看点啥?有啥好看!倷……倷阿是想偷看我密码?"

"哼,哼哼,哼哼哼!"

"喔唷,还要鼻孔里转气,肯定弗动好脑筋,倷阿是要抢劫?"

"哈哈,哈哈哈哈!"

"喔唷,喔唷,笑嘻嘻,笑嘻嘻,弗是好东西!倷……倷阿是想吃我豆腐啊?"

"哈哈,哼哼,美女啊,我既呒不胆量抢劫,匣呒不胃口吃倷豆腐!"

"格末倷……倷贼骨牵牵、贼忒嘻嘻啥体?"

"我是勒浪看倷,拿仔张身份证插进插出,弗知阿拿得出钞票啊?"

坏事变好事（一）

老子说："祸兮，福之所倚。"就是说，有时坏事会转变成好事。

确实，生活中类似之事屡见不鲜，我自己就深有体会。

我从小就喜欢骑车，中学时把父亲的凤凰牌自行车偷出来，车上整整带五个同学。怎么坐？书包架上两个，三脚架上一个，笼头上一个，肩膀上再骑一个！

每天带着他们上学，在马路上招摇过市，煞是威风，直到把钢圈活生生地压扁而招致父母的一顿痛打。

工作后，我看到马路上飞驰而过的幸福牌摩托车总是驻足不前，听着马达的轰鸣声，看着车手矫健的身影，闻着排气管的汽油味而羡慕不已。

直到二十年前，我们倾其所有花三万元买了辆雅马哈摩托车（当时房价只有六百元一平方米），了却了心愿。

那时，干将路上是非常空的，车速一下就能拉到一百码，回头率绝对是百分之一百，充分满足了我的虚荣心。但是，好景不长，不到三个月摩托车就被偷掉了！

妻子心痛得又是哭又是埋怨，整晚没睡，要知道那时每月的平均工资还不到三百元啊！

我呐，默默无语了一个晚上。第二天早晨，突然仰天大笑："哈哈哈，哈哈哈哈！偷脱哉，偷脱哉！"

妻子以为我急得发疯了，急忙擦干眼泪安慰我："老公啊，倷……倷笑点啥？""家主婆啊，摩托车偷脱哉，偷得好！偷得好！""老公啊，倷阿是气糊涂哉，倷……倷身体保重啊！""哈哈，家主婆啊，我脑子清爽得弗得了，告诉倷，开摩托车有句闲话：开坏一条命，开好一身病。因为摩托车是肉包铁，危险得弗得了。据说，苏州城里最早开摩托车格人几乎都是非死即伤。而我脾气又是急，开车又是快，如果我一直开下去，肯定要出交通事故，弗死亦要受伤。所以现在摩托车偷脱，赛过保牢我格性命，倷讲我讲得阿对？阿有道理？阿是偷得好？"

"哈哈哈，有道理。老公啊，偷得好，偷得妙，偷得呱呱叫！"

坏事变好事

袁小良『苏派活口』作品集

坏事变好事(二)

某医院有一护士小张,因打针技术太差,人见人怕,老病人见了她个个摇头。

有一天晚上,护士长让她去给一个熟睡的病人打针。她从手上扎到脚下,臂膀上扎到大腿上,从上面扎到下面,又从下面扎到上面,足足折腾了一个小时还没扎进去。正当她拿着针筒在病人脑袋边转悠,寻找第112个点的时候,突然,那病人睁开了双眼,"腾"地坐了起来,破口大骂:"侬阿会打针啊?要死快哉!真正碰着格赤佬,拿我当试验品啊?侬当我死人啊?侬搭我滚出去!"吓得小张丢掉针筒转身就逃。

第二天,院长让小张去一下办公室。小张心想,这下完了,肯定是为昨天的事,看来这个饭碗保不住了。她战战兢兢来到院长办公室:"院长,我来哉。""侬就是小张?""是格!""昨日是侬值班?""是格!""7号床格病人是侬去打针格?""是格!"

"哈哈,好!好极哉!"院长一面笑,一面走过来,握住小张的双手说,"谢谢侬啊,小张,我代表院部谢谢侬!"小张以为院长在说反话,讽刺自己:"院长,我……""小张啊,侬看!"院长对墙上一指,只见墙上挂着一面大红旌旗,上面写着四个烫金大字"圣手神针"!

小张被弄得莫名其妙:"院长,该格是啥格意思啊?""哈哈哈哈,小张啊,7号床格病人是个植物人,已经整整八年呒不知觉,想弗到昨日夜里拨侬扎醒格呀!家属开心得弗得了!所以院部要表彰侬,要为侬转正,要加工资,还要发奖金!"

坏事变好事(三)

前几年,上海襄阳路市场闹猛得弗得了,不过是卖假货出名的。LV、古琦、派拉达、范思哲的皮包服装,劳力士、伯爵、肖邦、江诗丹顿的手表等世界顶级品牌只要几百元就能拿走,当然是A货。所以,不但上海,甚至苏、锡、常一带喜欢时尚但又囊中羞涩的俊男靓女纷至沓来,就连外国游客也趋之若鹜。

其实,卖的都是"新加坡"的货。"袁小良啊,倷夥信口开河,贬低邻邦,引起国际纠纷啊!"读者们,我赠瞎说,不过是音同字不同。他们卖的货是"新"的,品牌是"假"的,用了就要"破"的,谓之"新、假、破"!

按理说,假的、伪劣的东西祸害无穷,但有时也并非如此,我有个堂姐反而是伪劣产品的"受益者"。那天,她中班下班回家,狂风暴雨,漆黑一片。刚到弄堂口,突然蹿出一个歹徒,一把揪住她的衣服:"把钱交出来!"她把歹徒用力推开,边跑边喊:"捉强盗啊!"那歹徒急了,身上摸出一把榔头,抓住她头发,高高举起——只听见"咚!"一声闷响,"啊!"一声惨叫,"噗!"鲜血直喷,"轰!"一个人倒在地上……

读者们,如果在书台上,我就要卖关子哉:到底哪亨,明日请早。但今天不行,还是告诉你们结果吧,想不到倒在地上的是那个歹徒。哪亨桩事体呐?原来这个家伙打工嫌太累,就花五元钱在地摊上买了把榔头去行凶打劫,弗晓得格把榔头的柄是用房屋拆迁下来的废木料加工的,里面已经朽了,所以他高高举起时用力过猛,木柄折断了,反而把自己给打晕了。我堂姐也因此保住了性命,而且还成了抓贼英雄上了报纸呐。最近听说格位"举起榔头碰到自己头"的老兄已被放了出来,而且改邪归正,加入打假行列中了。

遵章守纪

现在开车越来越难,不但要注意上面——形形色色的红绿灯、中间——各种各样的禁区标记、下面——眼花缭乱的行车箭头等等,还要当心初拿驾照的草脚、乱穿马路的行人、逆向行驶的非机动车,更要留神防不胜防的碰瓷党……

有一天上班路上,我看到前面一辆私家车,开得极其稳当,从不超别人车,也不让别人超他,看到绿灯还有五六秒时,就松掉油门,慢慢悠悠地晃到路口等绿灯变红灯、红灯变绿灯后,又稳稳当当加油,不管绿灯马上就要变红。后面的车拼命按喇叭,催他快一点过,他自稳坐钓鱼台,笃笃定定,只要自己能过就可以——典型的苏州中年老司机。

突然,前面右侧小弄堂蹿出一辆电瓶车,速度过快刹不住车,眼看就要撞上。那辆车反应很快,往左急打方向盘,避过了电瓶车,但撞到了对面路边停着的自行车。奇怪的是这辆车不但没有停下来,还猛加油门,再撞飞了人行道上的垃圾桶,冲进了旁边的银行营业部,车头顶着了柜员机,还在"轰!轰!轰!"地拼命加油门!

前面路口正好有交警,连忙奔过来,费了九牛二虎之力才劝他松了油门熄了火。下车后,先测了酒精含量,没有喝酒;看了驾照,是二十年的老司机;查了他的记录,一向遵章守纪,一次违章记录都没有。

交警奇怪了:"格位先生,我弄弗懂哉,倷嬭吃老酒,还是二十年格老司机,而且从来呒不违章,哪亨会开得实梗样子啊?""警官啊,我是要让电瓶车呀!""我晓得格啊,但是倷电瓶车已经让过哉,啥体还要加油门,撞脱垃圾桶弗算数,而且撞到柜员机浪向还要加油门,倷到底为点啥啊?"

"警官同志啊,格个弗能怪我格呀,倷看呐!"那个司机手往上一指,警官顺着他指的方向一看,只见路边一块牌子,上面赫然写着一排大字:此处不许停车,违者罚款记分!

"警官啊,我一向遵章守纪,所以拼命加油门要离开该搭呀!"

千有理,百弗错

"千有理,百弗错"这句话往往都是用在女人身上的,尤其是家庭主妇,我表姐就是如此。家里的大小事全由她说了算,而且她永远正确,从来就没有错的时候,特别是在她女儿的婚事上,更是固执己见,一意孤行。

女儿有个男朋友已经交往了两年,可她就是不答应,横挑鼻子竖挑眼,一会儿说身高不够,一会儿讲皮肤太黑,一会儿嫌情商太低……

女儿决定孤注一掷,最后一搏,打电话给母亲说出大事了,你赶快过来。表姐心急火燎地赶来:"因因啊,出仔啥格事体哉,快点讲啊!"

"呜……呜……呜!"女儿还没开口就失声痛哭了起来。"因因啊,覅哭呐,快点讲呀!""妈妈,出大事体哉呀!""啥格事体只管讲,一切有妈妈勒浪,天塌下来有我顶!""好格,我讲!昨日夜里我格男朋友自杀哉!""啊?啥物事啊?倷……倷男朋友自杀?""是格呀,因为倷弗答应倪格婚事,所以俚万念俱灰,就吃仔一百粒安眠药自杀哉呀!""啊?真格啊?""是格呀!"母亲大惊失色,语无伦次地问:"格末俚……俚……死……死脱哉?"女儿一看暗暗好笑,达到效果了,差不多可以收场了。"还好,嬲死脱呀!""啊?嬲死?抢救过来格?""弗是格,俚吃错格药,所以嬲死呀!"

"啊?原来如此!"母亲一听松了一口气,马上恢复常态又振振有词地说,"我老早搭倷讲,格个人格缺点就是粗心,做事体马马虎虎,大大咧咧,神智夜糊,倷还弗买账。现在倷看看,连自杀都弗会,药会得吃错,实梗小格事体办弗好。格种男人毫无责任感,肯定呒不出息格。所以,唔笃格婚事我坚决弗同意!"

得不偿失

苏州人有句俗语:"乖乖乖,蜒蚰吃百脚;精精精,裤子剩条筋。"这句话已流传了上千年,至今还被经常运用在人际交往和为人处世上。

真是话糙理不糙。一个人,再傻再老实,却往往"戆人有戆福";再精再聪明,但也会"算来算去算自己"。这种现象,过去说是老天有眼,现在的最新科学用词是:宇宙规律。

我有个远房表弟周某,年近半百,一事无成。妻子终日怨声载道,说自己瞎脱仔眼睛,嫁着实梗格男人。她给老公的评语是:做饭糊,炒菜糊,打麻将不糊(和);血压高,血脂高,职务不高;政绩不突出,业绩不突出,腰椎间盘突出;大会不发言,小会不发言,扁桃腺发炎!

那天周某下班回到家,欣喜若狂地一路叫进去:"家主婆啊,家主婆啊!"

"啥体啊?哇啦哇啦,吵煞脱哉!"

"家主婆啊,开心事体啊,我……我塌着个便宜呀!"

"啥格便宜啊?"

"讲拨侬听啊,今朝下班路过水果店,想着昨日侬讲想吃苹果,所以去买仔几只苹果,一共是二十五块,我拨老板一张一百块,弗晓得格个老板蛮粗心格,找拨我九十五块呀!""真格啊?""是格呀,我一数铜钿多出来哉,开心得弗得了,要紧奔转来。家主婆啊,我阿是立仔格大功劳!"

"好格,好格,格末快点苹果拿出来,削一只拨我吃!"

"晓得哉,我马上……马上……啊呀,啊呀……"

"老公,啥体啊?"

"家主婆啊,苹果忘记脱勒店里哉!"

整 容

现在越来越流行整容,不管是姑娘还是少妇或者大妈,见面必谈整容——哪家的医院技术好,哪家的价钱公道,等等。

那天几位资深美女聚会,话题自然又离不开整容。

"阿姐啊,侬最近身材好得来!""是格呀,告诉侬一个秘密,我去动手术格呀——抽脂、隆胸、提臀……阿是效果好格?"

"好的弗得了!妹子啊,格末侬看看我格面孔,阿有啥变化?"

"啊呀,侬格皮肤好得来,绢光滴滑!"

"是格呀,我去打格玻尿酸,所以抬头纹、鱼尾纹还有发令纹全部呒不哉!"

她们谈得热闹,旁边一位少妇却一言不发。

"噫,侬哪亨一声弗响啊?"

"哼,整容整容,我就是整容整得离婚格!""啊?哪亨会格?""讲拨唔笃听啊!"

那位少妇姓吕,年近四十,和丈夫同年。她总想男人四十一朵花,女人四十豆腐渣,老公会不会嫌我老啊?有了,我去整容。于是有一天,就找个借口,说单位派她去外地培训,其实去了韩国整容。

开双眼皮、割眼角、填鼻梁、磨下颚骨、丰唇、隆胸……所有该做的全做了,足足花了二十万元。

一个月后,回到家里,要给老公一个惊喜。"叮咚——"

"啥人啊?"吕女士压着嗓子嗲声嗲气地说:"是我呀!""侬啥人啊?""侬开仔们就晓得哉!""好格,来哉!"她老公把门打开,"侬……侬……侬是?""啊?侬弗认得我啊?忘记脱我哉?我是来看侬格呀!"

"啊?!好极哉,好极哉!哪亨会忘记呐!亲爱格,巧得唻,我家主婆正好出差,弗勒屋里呀!来,来,来,快点进来啊!"

袁小良『苏派活口』作品集

夫妻之道

现在离婚率越来越高,甚至有的城市每天办离婚手续的夫妻人数超过了领结婚证的新人人数。

其实,夫妻之道,不但要相互容忍、相互尊重、相互理解,更重要的是相互信任。夫妻之间信任多一点,怀疑少一些,才能天长地久。反之,则早晚要分道扬镳。

朋友张某夫妻俩结婚二十年,白手起家,现在资产上千万,已提前步入富裕阶层。但是,生活水平越来越高,夫妻关系却越来越不融洽,时常传出不和谐音符。

张妻自己喜打扮,善交际,却一直不放心丈夫,时常疑神疑鬼,觉得自己虽然人漂亮,会打扮,但毕竟人到中年,和外面二十多岁的姑娘没法比,所以一直觉着丈夫外面有外遇。特别是最近一个阶段,感觉丈夫有点神出鬼没,神秘兮兮的。

张妻越想越不对,决定要弄个水落石出,如果他有外遇养小三,那就一定要抓住把柄,然后给他致命一击。

她花重金请了个私家侦探,要他掌握丈夫的行踪。果然,那侦探确有本事,没多久,就将张某的情况了解得一清二楚,于是约了张妻见面。

"张太太啊,侬交拨我格任务已经完成,侬老公格行踪我清清爽爽!"

"喔哟,侬真有本事,快点讲啊,我等弗及哉!对格,今朝俚讲出差去哉,我觉着苗头弗对,弗像出差,肯定有花头!"

"对格,张太太,侬怀疑得有道理,俚完全瞎说踢出,瞎三话四,根本嚹出差!"

"啊?好极哉!果然苗头弗对。快点讲,俚到啥地方去格?"

"俚先去美容店,然后去时装店,再到舞厅……"

"喔哟哟!格只杀千刀,实头有花头啊!我要去搭俚算账!搭俚离婚!"

"慢!张太太,侬阿晓得侬老公忙忙碌碌赶来赶去为点啥?"

"为啥?"

"俚……俚勒浪盯梢、跟踪侬呀!"

白字流氓

现在流行一句话:流氓不可怕,就怕流氓有文化。确实,流氓有文化是可怕,那没有文化就是……可笑。

有一企业家周某,在生意场中跌打滚爬多年,不择手段,巧取豪夺,挣下了上亿资产。他深深地知道,这些家产来之不易,得罪了许多同行,冤家颇多。

最近他觉得苗头不大对,进进出出总好像有人盯梢。周某用了好多电影里学的反侦察手段,但都无法摆脱。他心里有数,一定是生意场上的冤家派来找自己麻烦的。于是他在一个风雨交加、暴雨如注的夜晚决定到外地去避一避风头。

周某背着包,拿着旅行箱,撑着一把硕大的雨伞,刚走到路口人烟稀少的绿化带旁,只听见一声冷冷的声音:"周老板!"

周某浑身一震,停住脚步,抬头一看,只见一位彪形大汉拦在面前。"侬……侬是啥人?""哼哼!别问我是谁,我盯了你好多天了,一直没有机会。今天狂风暴雨,总算机会来了,看你往哪里逃!"

周某吓得魂飞魄散:"朋友啊,侬……侬甭冲动,侬要啥我全部拨侬!"一边说,一边把背包和箱子丢到他面前,自己撑着雨伞转身就逃。

"你往哪里逃!"那大汉大吼一声追了上去。周某看他还要追上来,一时情急,顺手把雨伞丢了过去。

那家伙一把抓住雨伞,仰天大笑:"哈哈哈!老天有眼,雨伞到手,今天我大功告成!"

周某被弄得莫名其妙:"朋友,侬……侬啥格意思?啥体要我格伞?"

"哼哼,让你明白一下,自己看!"那人从口袋里摸出一张纸递了过去。

周某一看,上面写了几句话:给你五万元,半月之内,一定要取周某的命!

"哈哈,明白了吗?只要取了你的'伞',我就能得到五万元。哈哈哈,再见啊!"

法兰西之行：老外吃粽子

记得2012年去法国比赛,参加第二届法国巴黎中国曲艺节,我和王瑾以第一名的成绩获得唯一大奖"卢浮金奖"。第二天晚上,中国驻法大使在位于香榭丽舍大道旁的大使馆内设宴为我们庆功饯行。酒过三巡,菜过五味,因为明天就是端午节,所以最后还上了一大盘粽子。

"袁先生!"我一看是个法国老外在和我打招呼,"我叫密特朗·杜拉斯,非常向往中国,所以去年开始在学汉语,但真正对中国的艺术、习俗和餐饮还接触得很少很少。"

"哦,乃末杜拉斯先生,您现在接触下来感觉如何啊?"

"你们的评弹好听!"

"谢谢!"

"你们的服装好美!"

"谢谢!"

"你们的台风好靓!"

"谢谢!"

"你们的餐饮好……"

"好吃?!"

"好……难吃!"

"难吃?不可能吧?哪个菜难吃?"

"前面几个菜都好吃,但最后上的那个叫什么……什么……子?"

"粽子?"

"对,就是粽子,那个菜很奇怪,里面的东西还是蛮好吃,但外面的一层生菜很难吃,嚼不烂,咽不下,全嵌在牙缝里。还好你们想得周到,外面还捆了一根又粗又长的牙线,可以把这些生菜全部扯出来!"

投桃报李

苏州人有句俗语:行得春风有夏雨。或者说:花花轿子人抬人。北方人说:你敬我一尺,我还你一丈。用成语来说,就四个字:投桃报李。

我单位在古城区,开车极不方便,所以除了上下班以外,平时出去都选择其他方式出行。那天去新区办事,步行一段路后到干将路坐上了68路公交车。

车到乐桥站,上来一位满头白发的老太太,一步三摇,站立不稳。司机连忙喊:"请照顾一下老太太,啥人让只位子出来啊!"

他这么一喊,位子上坐着的人,特别是老弱病残专座上的乘客,有的别转头看窗外风景,有的低下头玩手机,有的眼睛闭上打瞌睡……

后面座位上有个小伙子看不过,连忙站起来:"好婆啊,来,到后头来,我让拨倷坐!"

"喔唷,好格好格!"老婆婆喜出望外,坐下后赞不绝口,"喔唷娘,倷格小干(小伙子)实头好格,唔笃看啊,格个小干长得阿要神气啊,真格是'天庭饱满,地角方圆,拿脱耳朵,就是汤团'。阿呀呀,卖相真格好格,最最关键格是心灵美,良心好,倷好人有好报格啊!"

"丁零零,丁零零!"突然,小伙子手机铃声响了,一看是女朋友:"宝贝啊,倷勒浪啥体啊?""亲爱格,倷猜猜看?""我猜弗出!""告诉倷,我勒浪园区逛商场,看中仔一只名牌包包,还看中一套进口化妆品,倷快点过来啊!""啊?!啊呀,弗巧,我单位突然通知出差,现在勒浪火车浪呀!""啊?倷出差哉?勒火车浪?我弗相信!"

"咳,咳,咳!"突然,那个老太太咳嗽了几声,提高嗓音在喊,"啤酒饮料矿泉水,香烟瓜子八宝粥。小伙子啊,别只顾着打电话,抬抬脚,让一让啊……"

反客为主

男大当婚,女大当嫁。但不论是男娶还是女嫁,总得有个过程,如邂逅、约会、初恋、热恋,然后就是上门。其中上门特别关键,尤其是男方,第一次到女友家拜见未来的岳父岳母时,心里总是七上八下,忐忑不安。

记得在好多年前,我小姨子带她的男朋友第一次回家,岳父母和他们大女儿也就是我妻子瑾都严阵以待。我也很好奇,因为早就听说我这未来的连襟罗某相貌不错,家境蛮好,就是口才差点,特别是在场面上他一紧张讲话就哆嗦。

小姨子敏敏深知自己男朋友的弱点,所以一路上在不停地安慰他:"关照侬啊,等歇看见我爸爸妈妈用弗着紧张格,阿晓得?"

"敏……敏敏啊,侬……侬越是安慰我,我越是紧……紧张呀!"

"胆实梗小,真格呒不出息格!"

"我……我怕陌生格呀!"

"我倒有个办法!"

"敏敏,快点讲,啥格办法?"

"等一歇到我屋里,侬只当是自家屋里,看见我爸爸妈妈侬就当是侬自家格爸爸妈妈,实梗一来侬就弗紧张哉,阿对?"

"好办法,好办法!"罗某开心地跳了起来。

"叮咚!""来哉,来哉!"没等我站起来,岳父岳母已经冲上去打开了大门。罗某一看二老,连忙口齿清晰、气贯长虹、声如洪钟、热情洋溢地说:"爸爸妈妈,我转来哉,来,我帮唔笃介绍一下,该个一位是我女朋友敏敏!"边说边转过身去,把我小姨子拉到前面,"敏敏,该个两位就是我格爸爸妈妈,快点喊一声叔叔阿姨!"

感　动

好友钱某有两大爱好：好酒，好色，但在家里却又极度惧内。妻子深知丈夫的嗜好，所以不但规定他回家时间，而且要浑身上下细细地闻一遍，一闻口中有没有酒味，二闻身上有没有香水味。如果闻到有一种味道，扣除当月零花钱；如两味俱全，则追加惩罚，三个月不同房。

那天，钱某在几个弟兄的怂恿之下，在夜总会喝得大醉而归。到房间里看到妻子睡在床上，他猛然清醒：今天这道关口怎么过呀？有了，灵机一动，脱掉外套，大模大样往床上一睡。妻子从梦中惊醒，刚睁开眼睛，钱某用迅雷不及掩耳的速度，伸出右脚用力往妻子大腿上"啪"的一脚踢了过去。"哎呀！"钱妻给他一脚踢到了床下，痛得浑身发抖，正要破口大骂，钱某抢在她前面开口了："弗许过来！啥地方来个骚女人，侬阿是想趁我吃醉酒来调戏我啊？侬勒浪做梦！告诉侬，我心里只有一个人，就是我格家主婆，我一生一世只爱俚，哪怕范冰冰李冰冰我弗会多看一眼，侬想勾引我上床，好有一比：鼻头浪挂鲨鱼——嗅鲨（休想）！侬搭我滚开！"

钱某闭着眼睛慷慨陈词说了这番话后，转过身去呼呼大睡。钱妻听得暗自窃喜，一声不吭，悄悄地从地板上爬起来，轻手轻脚在丈夫身旁睡下。

一宵已过，早晨醒来："哎哟，好困啊，好困！"听见丈夫醒了，钱妻急忙从厨房端着一杯牛奶来到床前："老公啊，来吃杯牛奶吧！"钱某暗暗开心，知道自己的戏成功了。接过杯子，看到今天的牛奶特别多，他知道，里面除了牛奶，还有一部分是老婆感动的泪水。

赶时髦（一）

日前朋友聚会，认识了一位开百货店的赵某，问其生意如何，说是还可以，勉强维持开销，但今年有两种东西卖得特别好。什么东西？是花露水和痱子粉！所以赵某百思不得其解。

"小良啊，奇怪得弗得了，非但生意好，而且过去来买格人，侪是老阿爹老好婆，但是今年来买花露水、痱子粉格侪是小伙子。我问俚笃：哪亨年纪轻轻会的生痱子啊？俚笃讲：是格呀，而且痱子全部生勒头颈背后，真格弄弗懂，哪亨桩事体啊？"

"哈哈哈！老赵啊，原因我晓得格，阿要我来帮侬打开格个谜团？""好格，好格，小良侬快点讲啊！""侪是为仔赶时髦！""啊？赶时髦会生痱子？""对，说来话长，待我与你细细道来。"

这几年，港台偶像影视剧大行其道，因香港气候炎热，所以剧中男主角穿的都是T恤衫，但到了晚上，气温下降，而且香港四面环海，风比较大，所以男主角们往往很自然地把T恤衫领子竖起来挡风御寒。因为男主角长得都非常帅，穿的又都是质地精良的品牌T恤衫，所以把领子一竖，给人的感觉是非常的Man（男人）。如此一来，内地的小伙子老帅哥们趋之若鹜，纷纷把领子竖了起来。但他们忽略了几个要点：第一，领子不能大；第二，品质要精良；第三，时间不能长。这几点他们基本都背道而驰：大大的领子竖着把脖子裹得严严实实；品牌很多都是山寨的含有大量化纤成分；最要命的是他们要从上午八点出门一直竖到晚上十二点吃好夜宵回到家才把领子放下来。请问，皮肤怎么吃得消呐？当然要反抗啊！

"所以老赵啊，为啥全部是小伙子来买花露水，而且痱子生勒头颈背后，侬阿懂嘞？""明白哉，原来是为仔赶时髦焐出来格！"

袁小良『苏派活口』作品集

赶时髦(二)

书接上回。赵老板听我说了花露水热卖的原因后,恍然大悟:"原来实梗,我明白哉!不过小良啊,侬讲格点小伙子弗懂流行,瞎赶时髦竖领头,格末为啥电视里有几个男主持人亦拿T恤衫竖起来呐?"

"赵老板啊,有原因格,因为电视台条件好,演播室里冷气开得足,而且风口就勒浪主持人头顶浪向,所以俚笃拿领头竖起来,是为仔保护颈椎呀!""喔,我明白哉,我懂哉!"

"小良啊!"旁边一位开药店的李老板开口了,"格末我问侬,我店里最近几日天感冒药卖得脱销,而且来买药格绝大部分俦是时髦小姑娘,啥格道理呐?"

"李老板啊,侬阿晓得现在最时髦格小姑娘是啥格打扮?"

"弗懂呀,要请教小良老师哉。"

"告诉侬,有诗为证:

    太阳镜戴勒天灵盖,吊带衫背心露出来,

    风凉鞋跟高无搭撒,牛仔裤露出肚脐眼……"

"慢,小良啊,该个搭卖药弗搭界格呀!"

"大搭界,主要是第四句:露出肚脐眼!现在小姑娘赶时髦格等级,就是看露格程度,以肚脐眼为中心,露一寸是初级,上下各露三寸是顶级!乃末前阶段天热弗要紧,该个几日天秋风起,冷空气来哉,俚笃格肚脐眼仍旧从早浪露到半夜里,所以是要吃不消哉!"

"哦,乃末懂哉,原来亦是赶时髦闯格祸,真格是:若要俏,冻得咯咯叫!"

父 亲

　　说起父亲,感慨良多。平时他和儿女的话极少,真可谓惜字如金。对我们的教育既没有豪言壮语,也不要求光宗耀祖,只有十六个字:非礼勿言,非礼勿视,非礼勿听,非礼勿取。

　　他在书台上口若悬河滔滔不绝,天南海北幽默风趣,但在生活中却不苟言笑,不善言辞,不会敷衍,不会拍马奉承,更不会吹牛说谎。所以朋友不多(领导更不喜欢),还容易得罪人。

　　记得小时候放暑假我随父母去外地演出,那时候"文革"刚结束,听众特别热情。下午演出结束后,好几个热心的听众拥在演员宿舍,围着父亲不走,有的嘘寒问暖,有的大唱赞歌:"袁先生啊,十几年赠看倷格演出呀,今朝看见倷开心得来!""是格呀,袁老师啊,听说倷'文革'当中吃仔弗少苦啊?""啊呀呀,倷格喉咙还是好得来,弗减当年啊!""是格呀,唱得好!""弗对,我觉着说得好!""唔笃两个人说的侪弗对,我觉着是弹得好!""唱得好!""说得好!""弹得好!"……

　　他们七嘴八舌不停地讲,整整一个多小时没停,父亲脸无表情,一声不吭。几个听众还在叮着问他:"袁先生,倷自家觉着伲啥人讲得对?倷到底是唱得好还是弹得好,还是说得好?倷表个态啊!""小良啊!"突然,父亲开口了,"倷看看现在几点钟哉?"我一听,以为父亲要留他们吃晚饭,连忙看一下墙上的挂钟:"爹爹,现在是五点半!""啊?五点半啊?哎呀!辰光弗早哉,小良啊,快点拿只脚盆,倒点热水,我要泡脚困觉哉!"

感冒害煞人

这几天早晚温差较大,所以很容易感冒。上星期天傍晚我穿了短袖T恤去健身房,出来时天色已晚,气温骤降,出了汗,再给冷风一吹就感冒了。

不巧,这几天演出又忙,只能带病上台,当然,效果就差了一点。昨天,我们道德评弹专场演出来到苏州监狱,为全体犯人演出,宣传怎样做好人,帮好人,敬好人,学好人。

演出由我主持,起先很顺利,不料报第六个节目时,感冒实在厉害,我忍不住连打了三个喷嚏,而且鼻涕都流了下来。在舞台上又没餐巾纸,所以当时情景非常狼狈,下面犯人笑得前仰后合,我只能红着脸打招呼:"弗好意思,出洋相哉,对弗起啊,怪来怪去要怪感冒害人啊!"

"对啊!"我话音刚落,突然,下面有个犯人站了起来,涨红着脸接着我的话题说,"袁老师说得真有道理,我深有同感!""请问侬?""因为我有体会格,我格前途,我格家庭,我格一切侪是拨勒感冒害脱格!"

"啊?!格位朋友,勿激动,到底哪亨桩事体讲出来拨大家听听!"

"好格,我做小偷已经十几年哉,从来嬲失过手。但是,前年格一个半夜里向,我去一家珠宝店偷仔上百万格首饰,正要走,只见对面来仔两个巡逻的保安,我要紧趴在柜台下头一动不动。弗晓得齐巧勒浪感冒,鼻头里向痒得弗得了,实在熬弗牢哉!啊嚏!我连打四个喷嚏。乃末弗好哉,就此捉牢。所以,袁老师说得对,感冒害煞人啊!"

胡调麻子

苏州人把一些人云亦云、墙头草、随风倒的人称为"胡调麻子"。但胡调也要有水平,要夹苗头,听音头,格种胡调可以起到锦上添花格作用。倘使拎勿清,瞎起劲,效果反而适得其反。我有一同事康某年已三十,尚未婚娶。最近交一女友,相处不错。女方父母提出要见一见这位"毛脚"。康某为人老实不善言表,就请同部门一位能说会道的同事罗某当陪客,到时捧捧场,胡胡调。

来到女家,女方父母开始发问了:"小康,倷阿是大学生介?""是格。"康某毕恭毕敬地回答。"哎哟,阿姨啊!"罗某连忙捧场,"小康是的的刮刮、真才实货格本科生,还是学生会主席呢!"

"噢,格末现在单位里表现哪亨呐?""还好!"

"啥个'还好',"罗某插上来,"好得弗得了,连牢好几年侪是先进工作者,听说马上要提拔俚做馆长助理哉!"

"噢,蛮好蛮好,听说倷欢喜运动格?""对格,平时打打乒乓球,拍拍羽毛球。"

"还有嘞,"罗某又插了上来,"俚还会踢足球、打篮球、游泳、溜冰、射箭、骑马,样样侪来,是个全能选手。"

"噢,好极哉!"突然,康某咳嗽了一下,女方母亲关心地问:"阿是感冒哉?倘使咳的辰光长要去看看医生格。""弗碍事格,我难得咳嗽格。"

"弗对!"罗某连忙抢过话头,"阿姨,俚勒浪客气,实际浪向俚一直咳嗽格,从小就咳,有辰光要咳一夜天,昨日我还看见俚咳出三大口血出来呀!"

好　人

最近演出很忙,都是围绕"当好人、做好事、得好报"的主题进行。演出很受欢迎,因为书中人物都是来自身边的平常人:有血有肉,有七情六欲,贴近生活,正面人物面对歪风邪气也会犹豫彷徨,而反面人物也有恻隐之心……所以每一句台词、每一个动作都会引起观众的共鸣。不过,那天我看到一件事却令人啼笑皆非,请读者评一下,是正面的还是反面的。

我每天午饭后总要快走半小时,利消化又健身。有一次快走时我感到有点口渴,所以在一家小烟杂店停下想买瓶矿泉水,但前面有位顾客,我就在旁边等。

"老板啊,买包香烟!""好格好格!"老板接过一张五十元的票子,一包香烟二十元,却找了四十元。

那个顾客暗自窃喜,拿了四十元转身就走。"朋友,等一等!"喔哟,弗灵,看上去多找了十元钱给老板发现了。那个顾客极不情愿地转过身来:"老板,哪亨?""朋友啊,侬格香烟忘记脱拿哉!"

啊?顾客脸一红,连忙回到柜台边,迟疑了一下说:"老板啊,侬……侬刚刚多找我十块,还拨侬啊!"

啊?那老板看他退回十元钱,一阵激动,抓住他的手夺下了那包香烟:"朋友啊,对弗起,该包香烟是假格,我进去搭侬调一包真格!""慢!""啥体?""老板啊!"那个顾客含着泪花说,"侬……侬拿刚刚格张五十块钞票还拨我!""啊?为啥?""因为……因为格张钞票是假币!"

好人

袁小良『苏派活口』作品集

婚前婚后

昨天朋友聚会，认识了一位法官，能说会道，口才了得。我辈虽是说书先生出身，却也望尘莫及。听他口若悬河介绍一些审理过的案子，可谓大饱耳福，特别是说起刚调解成功的一对新婚夫妻闹离婚的案例，真是令人喷饭。

法庭上，法官让男女双方陈述离婚理由。女的抢着说："俚对我弗好！""不好在哪里？""称呼弗好，结婚前头，喊我乖妹妹、小宝贝！现在叫我老太婆、十三点！所以我要离婚！"

"弗对格！"男的涨红着脸说，"俚自家先弗好，结婚前头喊我亲哥哥、小心肝，现在叫我老头子、杀千刀！我亦要离婚！""还有理由吗？"法官问。

"还有嘞！"女的说，"结婚前头是语言家，能说会道，花好稻好，上知天文，下知地理；结婚之后变仔思想家哉，回到屋里一声弗响，大腿搁起，香烟呼呼，报纸看看！"

"侬自家好煞嘞嗨！"男的争辩说，"结婚前头，端庄大方，打扮得体，略施脂粉，轻声细语；现在呐，蓬头散发，上穿睡衣，下着拖鞋，吃饭辰光打喷嚏，走勒路浪挖鼻屎！我要离婚！"

女的毫不示弱："还有嘞，结婚前头倘使我走路扭伤脚，俚马上问长问短，背我上楼，抱我到沙发浪向帮我按摩推拿；现在呐，面孔一板，横冷一声：'哪亨骨头实梗轻，路亦弗会走，人行道浪坐一歇，等等轧公共汽车转去！'"

"侬还要弗像腔！"男的提高喉咙，"结婚前头我勒浪唔笃屋里碰碎块玻璃，侬要紧问我：'阿痛？当心玻璃弄伤手！'现在呐，眉毛竖，眼睛弹：'阿是眼睛瞎脱哉啊？阿晓得配一块玻璃要几化钞票得来！'"

健忘症

衰老是人类无法抗拒的生理现象,你可以通过运动来健身或通过滋补来保养,你可以在古稀之年还拥有红润的皮肤、健壮的身体和充沛的体力,但有三种现象是很难避免的,那就是眼花、耳背和健忘。往往六十岁以后,三者必占其一。

我有个老师姓曹,年已七十,虽然眼不花耳不聋,但记性一年不如一年。有一次客串上台演出,吓得舞台监督差点晕倒,他是这样唱的:

窈窕风流杜十娘,唐寅三笑点秋香。

贵妃独睡沉香榻,莺莺坐下按宫商。

当时全场笑翻,不容易啊,短短四句唱词把《杜十娘》《三笑》《杨贵妃》和《西厢记》四部书都唱全了。为此,曹老特意到老年大学参加了一个"克服健忘、增强记忆"的培训班,为期三个月,费用九百。结业那天,他手捧证书,兴高采烈地回到家里。

"老太婆啊,培训班真格好格,我现在格记性好得弗得了呀!"

"侬覅吹牛,实梗,伲明朝要出远门旅游,要带几化物事,侬搭我好好叫记一记!"

"老太婆侬放心,包勒我身浪。"

曹老仔仔细细地写了一张清单,认认真真地背了三个小时。第二天一早,老夫妻俩上了旅游大巴。

"老头子,我要考考侬哉,伲今朝要带格物事侬阿记牢啊?""老太婆,侬听好!"

曹老胸有成竹,滔滔不绝地从清凉油到照相机,从口香糖到保心丸,洋洋洒洒地把数十件要带的东西一口气背了出来。听得曹师母心花怒放,眯花眼笑。

"哎呀呀,老头子啊,格个培训班实头好格,钞票用得值格。格末我问侬:格点物事放勒啥地方啊?""哎呀,哎呀弗灵!格点物事放勒房间里,忘记脱带出来哉!"

讲错闲话唱豁边

日出万言,岂能无错?不过,如果在舞台上演出中出错,日脚就难过哉。

记得在二十世纪七十年代末,我去听某评弹团的中篇弹词《红岩》,其中说到国民党特务头子徐鹏飞对被捕的地下党员许云峰说:"只要你在自白书上签个字,就能获得自由。"许云峰手里接过自白书,怒火万丈……说到这里,情节规定演员要开始唱了,唱词是"小小一张自白书",但这个演员过于紧张,刚唱了"小小一张"四个字后,还有"自白书"三个字想不起来了,他只记得最后一个字好像是什么"水"(苏州话"水"与"书"同音)。扮特务的演员急煞哉,轻轻提示:"自……自……""哦,"他恍然大悟,字正腔圆唱仔出来"自来水!"下面观众哄堂大笑。听说后来该演员在大会上做了三次检讨,少加了两级工资。

还是"文革"期间,有中央领导来苏州,要听评弹。格歇辰光"破四旧",啥格《三笑》《描金凤》全部弗好说格。当时最吃香格是毛主席语录"要团结,不要分裂"。我师伯是个极有前途的青年演员,但毕竟年轻,下面又有这么多首长,所以嘴唇发抖,一开口就唱错:"我们要分裂……"后面五十个合唱的女演员吓呆了,可又不能不唱,只好硬着头皮接下去:"不要搞团结!"气得革委会主任跳到台上双手乱摇:"演出到此结束!"

后来我师伯被定了"恶毒攻击'文革'、篡改领袖语录、挑拨同事关系"三大罪状,被隔离审查几年后黯然离开了书坛。

唱错词

新中国成立六十五周年时，各剧团赶排了许多节目为国庆献礼。我想起三十五年前刚进评弹团，正好碰上国庆三十周年，所以我们一批学员也强化训练要上台演出，但因为舞台经验不足而笑话百出。

一位同学说雷锋，台词是"雷锋背了铺盖转身就走"，用苏州俗话讲是"雷锋背仔铺盖，掉转屁股就走"。结果他初次上台太紧张，说成了"雷锋背仔屁股，掉转铺盖就走！"台上台下笑成一团。

第二个节目是开篇，其中有句唱词是："解放全国极应该。"结果那位女同学唱了"解放全国不应该"，吓得当场哭了出来。幸亏那时"四人帮"已打倒，不再上纲上线，批评了一下就过去了。

同样是唱错，有位前辈可就惨了。听说是在新中国成立二十周年，恰逢"文革"高潮期间，造反派把那位老演员从"牛棚"中放出来，让他"戴罪立功"，唱一首歌颂社会主义的开篇。其中有段唱词是"共产党好，毛主席好，社会主义建设好，共产主义路不遥"。结果正式演出时前面都唱得很好，到最后一句出事了，唱成了"共产主义路途遥"，意思完全相反。还当了得，当场押起来，他被隔离审查整整一年半。

方 晓 得

前面写了评弹团的一位老演员在"文革"中因唱错词而挨整,确实,在当时的环境下,这绝对是一件政治事件,所以工宣队如临大敌。队长亲自出动,但在审问时却也闹得笑话百出。

工宣队长姓季,只念过三年书,却假装斯文,在黄军装口袋上夹了三支钢笔(那时候有个不成文的讲究:夹一支钢笔是小学水平,两支钢笔是中学水平,三支钢笔是高中水平,四支——是修钢笔的)。他一本正经地说:"徐××,侬阿是无法无天哉?竟然勒浪书台浪向攻击共产党,污蔑共产主义,侬老实坦白,为啥实梗唱?背后有人指使,是啥人?老实交代!"

老演员虽然吓得浑身发抖,但几十年的职业习惯,所以讲话还是慢条斯理文绉绉的:"在下自幼习艺,不问政治,此乃思想落后,不思上进。如今经过学习,茅塞顿开,鄙人方晓得……""好!"工宣队长听到这里,精神一振,连忙插话,"讲得好,格个方晓得是啥人?侬拿俚称为'鄙人',肯定是个卑鄙格人,阿是俚指使侬攻击新中国,谩骂共产党?老实交代!"老演员啼笑皆非:"这个……那个……""勒'这个''那个',快坦白!""因为这个方晓得不是人!""对,俚弗是人,是特务,是反动派,是牛鬼蛇神。打倒方晓得!"

宇宙观

　　工宣队长季某叮着老演员不放,要他交代"方晓得"是谁。老演员哭笑不得,真格是"秀才遇到兵,有理说不清",只得双唇紧闭,一声不吭。季某火了,一声命令,明天召开全团大会批斗老演员。

　　第二天上午,他拿着秘书特地赶写的讲话稿,一本正经地在念:"徐某思想反动,顽固不化,反抗到底,死路一条。我们的政策是:坦白从宽是犯罪……"

　　啊?!全体演员呆住了,怎么有这句话呀?只见季某翻过一页,又念了下去:"分子的唯一出路!"原来是读了破句,众皆大笑。

　　季某恼羞成怒,把稿子丢掉,一拍桌子:"有啥好笑?唔笃格点人,只晓得才子佳人、帝王将相,思想落后,今朝我要搭唔笃上课!唔笃一定要提高认识观,提高思想观,提高世界观,还要提高宇宙观!"

　　"请问队长!"一位演员忍不住插了一句嘴,"啥格叫宇宙观?"

　　"格个……"

　　"请俫搭伲解释一下!"

　　"好!啥叫宇宙观?我伲每个人要穿衣服的,那个衣服的袖子,伲苏州闲话就叫'衣袖管'。所以唔笃勒浪劳动格辰光一定要提高'衣袖管',否则容易弄脏,容易破损,造成损失。唔笃阿懂了?"

借 口

大姐家年前乔迁新居,我直到上星期天才有空去参观。果然,环境优美,装修精致,家具典雅,园子宽敞。

"阿姐、姐夫啊,现在格房子满意吧?""满意,满意!不过有一样弗满意!""啥物事?""伲个邻居弗好,贪小利,弗识相,一日到夜来借物事,而且借仔之后假痴假呆,弗讨弗还,真格讨厌格!"

"叮咚!"话音未落,门铃响起,大姐在猫眼里一看:"小良,说曹操曹操到,是对面格老张,看来又要借物事哉!""阿姐,教侬个办法,俚随便问起啥物事,侬就讲:啊呀弗巧,正好自家要用!几次婉言谢绝,俚就弗好意思再来借哉。""好办法!"

大姐把门打开:"老张侬好,阿有啥事体啊?"

"请问唔笃今朝下半日园子里格修枝剪阿要用啊?"哼,不出所料,果然又来借东西。

大姐胸有成竹,不慌不忙地说:"真弗巧,伲自家要用。""哦,要用几化辰光呐?"

"哎哟,我已经搭伲老公商量好哉,因为最近春暖花开,园子里花草树木长得茂盛得弗得了,杂草丛生,伲两介头准备整整一个下半日弗出门,就勒浪园子里修剪草木,所以修枝剪弗能借拨侬哉,弗好意思啊!""真格啊?""是格呀!"

"哎呀,好极哉!"老张笑嘻嘻地说,"我格汽车呒不油哉,既然唔笃弗出门,格末下半日汽车借拨我开开啊!"

借 醋

　　秋风起,蟹脚痒,正是菊黄蟹肥的金秋季节,不少人的眼睛已经盯牢了那一只只青背、白肚、黄毛、金爪的大螃蟹,我却不禁想起了幼时吃螃蟹的一些趣事。

　　那时我住山塘街,一个大门里有两户邻居。左边张阿姨,右面王好婆。张阿姨有两大特点:一是喜欢吃螃蟹,二是喜欢占小便宜。所以张阿姨每次买了螃蟹,都舍不得买醋,总是假痴假呆地到王好婆家里聊天,聊到将近吃饭时,好像突然想起:"哎呀,弗灵哉!今朝伲吃大闸蟹,忘记脱买醋哉!王好婆啊,麻烦倷借点醋拨伲吧!""好格,好格。"张阿姨端着一碗醋,暗自窃笑,喜滋滋地回去吃蟹了。

　　后来张阿姨一而再、再而三地接连去"借"了五次醋,王好婆实在忍无可忍,第六次看到张阿姨又拎了一袋螃蟹回来,便先发制人,冲到张家客堂里喊道:"张阿姨啊,搭倷商量桩事体。""啥格事体?"

　　"今朝伲买仔两斤醋,弗晓得忘记脱买蟹哉,所以想问倷借几只大闸蟹,倷看阿好?"

借醋

袁小良『苏派活口』作品集

看美人

《诗经》曰:巧笑倩兮,美目盼兮,素以为绚兮。确实,漂亮女孩的一颦一笑、一顾一盼就像在白净的纸上画着绚丽的画,非常迷人,所以电视台也频频举办各种选秀比赛,收视率居高不下。而本人也有幸作为评委和艺术指导多次参加了现场点评。记得有一场泳装秀,是在露天泳池旁。那天气温很低,而且活动持续了五六个小时,到结束时已是晚上八点多。有位男摄像说:"怎么没感到饿啊?"我说:"这就叫'秀色可餐'也!"确实,爱美之心,人皆有之,不过欣赏美也得有个尺度,过了头就成色鬼了。

那天我去某星级酒店会友,和一对老夫妻同乘电梯,到三楼进来一位上穿低胸衣、下穿超短裙的时髦女郎,那老头不由呼吸急促、睁大双眼目不转睛地盯着看。因为姑娘是背对老夫妻,所以老头还伸长头颈,侧过身再要去看她的脸。看老头子这副"急吼吼"的样子,老太在旁边恨得牙痒痒的。

突然那姑娘转过身来,举手"啪"地打了老头一个耳光:"侬只色鬼,一生一世嚡看见过女人啊?还要耍流氓腔,还敢摸我!今朝拨点教训拨侬,今后阿敢勒浪电梯里吃豆腐揩油了!"说完,头发一甩,出了电梯。"我……我……格个……"老头脸涨通红,张口结舌,"家主婆啊,我……我……""老头子啊,哪亨?""家主婆啊,我……我看是看格,不过,我嚡碰俚呀,俚哪亨打我?我是冤枉格呀!""老头子啊,我晓得侬是冤枉格。""为啥?"

"因为刚刚是我勒浪俚大腿浪向捏仔一把。"

看美人

袁小良『苏派活口』作品集

看 病

三姐自幼体弱多病,既怕冷又怕热,还不能给风吹,这一次特意从香港回来治病。我打听到民间有位中医专治疑难杂症,凡是大医院治不好的病他总能妙手回春,药到病除,人称"李半仙"。

打听到地址后,上门求诊。果然名不虚传,门庭若市,才上午九点半,病人已排到了三十号开外,有的是隔夜就在诊所门口放一只篮子或者放一块砖头排队的。

直到中午十二点钟才快要轮到三姐,但前面有一位中年男子却迟迟没有走,因为李半仙给他搭脉,看舌苔,听心跳等,就是看不出他有什么病。"先生我看侬蛮正常嘞嗨,到底啥地方弗舒服呐?""医生啊,"那男子愁眉苦脸地说,"我其他侪蛮好,就是一样毛病。""啥格病?""每天夜里困到床浪向,两只脚总归冰冰冷,一点点热气亦呒不,一夜天下来还是冷冰冰,就是该格毛病。医生,侬阿有办法帮我看看啊?"

"哦,原来实梗。"医生听了轻描淡写地笑笑说,"该格毛病我亦有格。""真格啊?格末侬吃啥格药?""弗吃药。""打啥格针?""弗打针。""格末侬……"

"告诉侬一个办法,我格家主婆蛮好格,到夜里总归俚先到床浪向,拿被头焐热,等我到床浪再抱牢我两只脚困觉,一夜到天亮,温暖是温暖得弗得了!"

"好办法,好办法!"那男子欣喜若狂,"格末医生啊,请问侬格家主婆今朝夜里阿有空了?""啥体?"

"因为我想请侬家主婆帮帮忙……"

看病

袁小良『苏派活口』作品集

考女婿

都说:女人心,海底针。还说:女人心,秋天云。反正就是说女人多变、善变,永远都不知道她们在想些什么。其实,这个说法有失偏颇,真正摸不透的恰恰是男人的心,所谓:十句九㐬落,一句吭着落。要说错了才有真话。但能把诸如"家主婆啊,我看出来倷是世界浪最最标致格女人,其他女人我是看都覅看"等鬼话说到老,说一辈子,绝对是个优秀男人。

有一对老夫妻,几十年来丈夫对妻子言听计从,一切唯老婆马首是瞻,所以家里虽然钱不多,但也和和睦睦。那天天上掉馅饼,买彩票中了三千万的大奖,老夫妻商量要给三个女婿各买一辆汽车。"慢慢叫,老头子啊,我要来考一考,哪个女婿对我特别孝,我就汽车买得更加好!"

想好办法,当即把大女婿叫来,陪丈母娘去买东西。走到河边,老太假装失足"扑通"掉到了河里,大女婿毫不犹豫纵身跳到河里把丈母娘救了起来。老太乐不可支,当即买了一辆本田雅阁给大女婿。

第二天,如法炮制,把二女婿叫来,到河边时,老太又掉到了水中,二女婿奋不顾身跳入水中把她救了起来,自己还呛了水受了伤。老太极其感动,给二女婿买了一辆奥迪A6。

第三天,三女婿来了,老太依样画葫芦又掉到了水里,不料三女婿不会游泳,等叫人过来救起来时老太已经断气了。三女婿惶惶不可终日,这下闯祸啦!过了几天,丈人把三女婿叫来,指着门口一辆全新的保时捷跑车说:"女婿啊,格辆汽车是我送拨倷格!"

看走眼

最近我在研究一个问题:汽车与人。一个人的身份、地位和性格与他所使用的汽车的品牌、款式和颜色有极大的联系。

性格上,如喜欢黑色:比较沉稳;喜欢银色:有点闷骚;喜欢白色:比较浪漫;喜欢彩色:有点张扬。身份上,黑色是公务员,银色是事业单位,白色是外资企业,彩色是中小学教师(因为教师以年轻女性居多)。地位上,省部级是奥迪;厅局级是本田雅阁、别克君威和帕萨特;奔驰S级、宝马7系、奥迪A8是大老板;劳斯莱斯、宾利是亿万富翁;法拉利、玛莎拉蒂则是富二代……我以此为标准研究了身边的朋友,基本准确,但也有看走眼的时候。

那天去上海出差,我喜欢自己开车,所以和同事约好早晨七点半在单位一起出发,开到干将路碰到红灯刚停下,旁边也停下了一辆车。"小良啊!"同事用调侃的口气对我说,"听说侬眼光蛮凶格,只要看开啥格汽车,就晓得是啥等样人,阿是真格?"

"当然啊,而且从来嚒看错过!""格末侬现在看格部车里格个女人是啥等样人?"我一看,我车旁并排停着一辆红色宝马跑车,开车的是一位长发披肩相当漂亮的女子,我不假思索地说:"肯定是一个二奶!"不料说的声音响了一点,而且双方的车窗都没关,那女子猛然转过头来,这时正好变成绿灯,吓得我一踩油门,直往前冲。不料刚到下一个路口,又碰上红灯,那辆宝马冲了上来并排停下,那女子头探出车窗气呼呼地喊:"我是二奶啊?阿是二奶会实梗早起来?阿是二奶还用得着一早去上班啊?真格碰着侬个赤佬哉!"

看走眼

袁小良『苏派活口』作品集

空 调 车

夏天酷暑难当,气温居高不下。所幸的是苏州的公交车全部换成了空调车,给出行的市民带来了些许凉意,但车费也相应统一调高到两块(有些车因路程远,收费还要高于此)。

有一位六十多岁的郊区老大妈,好久没出门,前几天来城里看亲戚,好不容易挤上了车,随手往投币箱丢了一块钱。

"哦哟娘,总算轧上来哉,乃末适意哉!"老大妈边嘀咕边往里向走。

"大妈!"司机一看,连忙喊住她,"大妈,两块!""小伙子,倷……倷阿是勒浪喊我啊?""是格!""阿有啥事体啊?""两块!""啊?""两块!!""啥物事啊?""两块!!!"

"哦,懂哉,奴虽然乡下头出来格老太婆,但不过普通闲话亦听得懂格,小伙子关心我,看我轧得汗嗒嗒滴,所以勒浪问我阿风凉、阿适意!司机同志啊,谢谢倷关心,我'凉快'格!交关'凉快'!'凉快'得弗得了!!!"

司机哭笑不得,只能字正腔圆地强调一下:"投两块!""啊?""投两块!"

"哦,小伙子啊,倷放心,我非但'头'凉快,而且手、脚、背心、肚皮俉'凉快'格呀!谢谢倷关心啊!啊呀,观前街到哉,奴要下车哉,搭倷下趟再会啊!哦哟娘,格个服务态度真正好得勒弗得了啊,奴明朝还要来乘格!"

袁小良『苏派活口』作品集

老话讲得好

　　老苏州讲闲话欢喜引用老话,比如看见小姑娘衣衫单薄,就会说"若要俏,冻得咯咯叫";倘使听说某某人不声不响地干了一番大事情,就会说"会捉老虫(鼠)格猫弗叫"。的确,老话引用得恰当,可以起到画龙点睛的作用;但是如果"硬装斧头柄",反而会弄巧成拙。

　　朋友郝某是个新苏州人,语言能力很强,非但一口吴侬软语,而且老古闲话学仔弗少,一有机会就插几句。格日天事体来哉,楼下张三搭李四两个人吵相骂。郝某连忙下去一手拉一个:"覅吵,老话说得好:'金乡邻,银亲眷。'有啥格事体好好讲!"

　　张三一指李四鼻头:"我拿垃圾放勒自家门口,倻硬劲讲我污染环境!"郝某一听,转向李四:"该个就是倷弗对哉,老话说得好:'各人自扫门前雪。'倻放勒自家门口,弗影响倷格啊!"李四说:"哪亨不影响介,垃圾袋里全是灰,风一吹全部到我屋里来,我提点意见,倻就动手打人!"郝某又转向张三:"倷哪亨打人呐?老话说得好:'打狗要看主人面。'阿对?"李四一听,跳起来哉:"啥物事啊,倷讲我是狗?"郝某要紧解释:"我弗是该个意思,虽然张三打倷,但是老话说得好:'大人不计小人过。'倷就原谅倻吧!"张三一把揪住他:"啥物事啊,倷讲我是'小人'?"郝某急得双脚跳:"我弗是该个意思,万一打得两败俱伤,老话说得好:'狗咬狗,一嘴毛。'"李四一把揪住他的头发:"倷讲伲两介头是狗?"

　　郝某急得浑身发抖:"我弗是格个意思,哪亨来寻着我呀?老话说得好:'狗咬吕洞宾,不识好人心!'"

　　张三搭李四"咣"一拳,"嗵"一脚,打得郝某蹲下身体,哭爹叫娘,自言自语:"哎,乃末真格老话说得好,'多管闲事多吃屁'!"

乐 感

前些年,国内掀起了一股报考艺术院校的热潮。有一年,中央戏剧学院招八十五名学生,结果报名面试的来了一万多;南京某艺术学院面试那天交通阻塞,家长提前几天就在大门口排队等候,但粥少僧多,绝大部分人无功而返。

好友范某望子成龙,从小逼着儿子吹拉弹唱无所不学,苏州人俗语:猫头浪找找,狗头上拉拉。样样都会,但没一样拿得出手。

那一年,他也带着儿子去报考某艺术院校,好不容易轮上,结果表演了不满一分钟就被叫停,考官给出的评语是:五音不全,没有乐感,先天不足,后天失调。

范某心有不甘,通过中间人介绍,和院长取得了联系,谈好了一笔六位数以上的赞助费。

"咚、咚、咚!咚咚、咚咚!""请进!"范某带着儿子进院长室:"请问倷阿是院长?""是格,唔笃两位是……"

"我是约好今朝来交赞助费、带伲子来面试格。"

"哦,晓得格,格位就是倷伲子?"

"是格,院长,现在阿要让俚考一考?"

"用弗着,已经考过哉!""啊?啥辰光啊?"

"我问倷,刚刚啥人敲格办公室门?""是我伲子敲格。"

"好极哉!我从俚格敲门声里,可以听出抑、扬、顿、挫,高、低、缓、慢,有韵律,有节奏,有乐感,是个少有的艺术天才,录取哉!"

论 打 扮

我写的关于打扮方面的两篇文章发表后,反响颇大。有一次朋友聚会时,大家又说起这个话题。"小良啊,"老同学赵某极其认真地对我说,"侬写得真格有道理格,怪弗道我伲子一日到夜竖起仔领头,拨我骂仔一顿,从今往后弗许竖领头!格末小良啊,看上去侬对打扮蛮有研究,今朝要讨教讨教哉。"

"好啊!就拿穿T恤衫来说吧,除了领子不能随便竖起来之外,还有两点也相当有讲究。比如很多人喜欢把T恤衫下摆塞在裤子里面,乃末束皮带就有讲究了,而且皮带的部位和年龄、地位是成正比的:'80后''90后'的小帅哥们的皮带都在肚脐眼下面;'70后'和白领的皮带则正好在肚脐眼上;中老年朋友和一些领导们的就要往上移了,基本上能碰到第一根肋骨,皮带扣就靠胃顶着;至于退休老干部们那就更要往上了。前几天去某干休所慰问演出,看到一位老者,皮带束在了第六根肋骨的上面,几乎就碰到乳房了。我心中暗想,估计这位老人级别不低,果然,一打听是一位正部级的离休老干部。"

"哎哟,小良,侬讲得真格有道理,格末还有一点是啥格讲究,快点讲啊!"

"好啊!另外一点就是T恤衫的纽扣,一般有四颗,扣几颗也有讲究的:扣一颗是时尚达人帅哥们;扣两颗是事业单位老师们;扣三颗是政府机关领导们。""哎,有点道理格,格末我要问侬哉,阿有四颗纽扣全部扣起来格呐?""有格,不过很少。""是啥等样人?快点讲!""好格,肯定是搭家主婆吵相骂,拨家主婆拿头颈里格皮拉破脱哉,所以要全部扣起来呀!""哈哈,有道理,有道理格!"

论打扮

袁小良『苏派活口』作品集

眯趣眼

苏州人俗称近视眼叫"眯趣眼"。

我的小姑妈在亲友中可是出了名的"眯趣眼"——九百度近视。姑妈年轻时为了爱美坚决不戴眼镜,那时又没有隐形眼镜,为此苦头吃仔交关,笑话闹了弗少。

那天她买了套茶杯回家,开门时看到墙上有个钩子,就顺手将袋子往上一挂,不料那是一只苍蝇,"嗡"一下飞走了,袋子落在地上,"啪啷当"茶杯全部打碎,气得她咬牙切齿,一看那苍蝇又飞到了对面墙上:"蛮好,短命苍蝇,今朝弗拍杀侬我弗姓袁!"轻轻移上几步,用尽全力,"啪!""哎哟,痛煞我哉!"原来拍到的是真的铁钉。

在去黄天荡劳动时,她感到口渴,就拿茶杯奔进大队部,看到会议桌旁一个圆圆的白色保暖桶,连忙上前摸索着找龙头,不料那是体重达两百斤的大队长穿了件白汗衫在午睡,给她腰里一摸,吓得跳了起来:"侬啥格事体介,阿是想调戏奴?!"羞得她满脸通红,转身就逃。

还有一次她去商店买鞋子,一位秃顶的男店员热情地接待了她。当店员蹲下身子为她量脚的尺码时,她看到男店员光亮的秃顶以为是自己的膝盖露了出来,连忙用裙子把它遮住。"哎哟,弗灵,"男店员着急得叫了起来,"停电哉!"

眠趣眼

袁小良『苏派活口』作品集

近视新传

据调查，西方国家的青少年患近视眼的不到两成，而我们的中小学生中近视的占到了八成以上。这种现象实在令人担忧，特别是女孩子，不但在外形上有所损害，而且在生活中也会带来许多麻烦。

外甥女来我家吃饭，没戴眼镜去厨房洗手，过了一会叫了起来："舅舅啊，唔笃格肥皂弗灵格，哪亨我格手越汰越齷齪呀？"我进去一看，响弗落，原来她拿了一块肥肉在当肥皂，怪不道越洗越油。

我单位去年招了位女研究生徐某，她工作能力很强，就是高度近视。那天单位接到重要任务，全体加班，直到夜里九点才下班。我刚到家，突然派出所来了个电话，说徐某出事了，让我赶快去一下。

原来我单位在平江老街区，弄堂特别多，徐某下班步行回家，刚在弄堂口转弯，只见一个男子张开双手扑了过来，高度近视的徐某在学校学过两年跆拳道，便不假思索一个飞腿踹了过去……

"好！"我听到这里不禁怒火万丈，"格只色狼，活该！"不料那个男子叫了起来："冤枉啊，我勒浪搬家，两只手抱仔一块大玻璃，刚刚转弯她就一脚踢了过来。乃末好哉，玻璃碎脱，手亦划破，倷讲哪亨办？"

原来如此，都是近视惹的祸。

近视新传

袁小良『苏派活口』作品集

麦 霸

据老年人讲,新中国成立前旧社会是苦得弗得了!乡下有恶霸,唱戏有戏霸,说书有书霸,如果稍有一点冲撞,你就会吃不了兜着走。现在好了,人民当家做主,这些现象也不复存在了。

不过,最近几年又多出了一种"霸",名曰"麦霸"。但与前者不同,性质两样。麦霸是指在卡拉OK厅里特别喜欢唱歌而一直霸着麦克风不放的人。

前几天朋友生日,酒后去卡拉OK厅唱歌,不料一位五音不全、咬字不准、嗓音嘶哑的老友郭某,多喝了点酒,占着麦克风连唱了十几首歌还不放,大家听得实在忍无可忍,群起而攻之,把他赶出了卡拉OK厅。

已是凌晨一点钟,郭某摇摇晃晃走在弄堂里。看到前面过来一位中年妇女,郭某双手一拦:"停下来!"那女子吓得浑身发抖,以为碰到了歹徒:"饶命啊,侬要啥?钞票?金项链?我侪拨勒侬,只要弗杀我!"

"哈哈哈!"郭某扬声大笑,"侬想活命,便当格,只要听我唱五只歌,而且拍手喊好,我就放侬走!"那女子松了一口气:"格末侬唱,我洗耳恭听。"

"好!""妹妹你大胆地往前走啊!""天上有个太阳!""我送你离开千里之外……"不料郭某刚唱到第三首,"扑通!"那女子双膝跪下:"我求侬勿唱哉。"

"为啥?""别人唱歌是要钞票,侬唱歌简直要我格性命,我情愿死亦勿听侬唱歌,侬杀脱我吧!"

麦霸

助听器

推销产品最关键的是因人而异,投其所好,苏州俗语叫:见人头发货色。如见到胖子就介绍减肥药,看到矮子推销增高鞋,遇见中老年男子介绍护肾壮阳雄风依旧的保健品,碰上年近半百的徐娘向她介绍能推迟更年期并且可以延缓衰老永葆青春的产品,那肯定是不问价钱照单全收。

姑父今年已八十多岁,烟酒不沾,身体健康,就是耳朵有点背,就为此,最近也被忽悠了。一人上门推销助听器,把产品说得天花乱坠花好稻好,什么原装进口产品,原价两万元,但今天是世界助残日打对折,凭老龄卡再打对折,所以只要五千元就可以了。姑父信以为真,一时间"鬼迷张天师",拿出准备给重孙女上幼儿园的五千元赞助费买下了助听器。推销员走后,姑父正在试助听器,姑妈回来了。

"老头子啊,倷勒浪啥体啊?"

"老太婆啊,今朝我塌着个便宜货呀,买仔一只助听器,效果好得弗得了。弗是我形容,伲现在是住勒浪南门,但是我听得清平门火车站格铁轨声音,还听见老老远干将路浪格洒水车格音乐'上有呀天堂……'喔唷,好像隔壁格张好婆勒浪做针线生活,倷听:'哒嘟嘟',肯定是一根针掉了地板浪哉,哎哟,格只助听器真格好格呀!"

"哦,既然实梗好,老头子啊,格只助听器啥格价钿?几化钞票啊?"

"哦,老太婆啊,倷阿是问我几点钟啊?告诉倷,现在是五点半,可以烧夜饭哉!"

重温旧梦

现在格老人是越来越幸福哉。上慢昼(上午)打拳舞剑,下半日碰碰麻将,夜里向泡脚看电视。出门公交免费,还要上上老年大学。身体越来越好,寿命越来越长。

我有个远房姑母,他和老伴两人年龄加起来整整160岁。上个月正巧是他们结婚六十周年。子女们商量着要给两老办酒庆贺,但他们无论如何不要,说不用惊动亲朋好友,他俩自己过。

原来老夫妻回想年轻时代的浪漫,回忆起那遥远年代的恋情而激动不已。所以两人商量好要重温旧梦,把初次约会的情景再次重现来庆贺结婚纪念日。

届时,八十三岁的姑父西装笔挺,手捧鲜花在山塘街渡僧桥上等待。不料左等不来,右等不见,直到晚上十点多,超过了约会时间三个小时还是不见人影。

老姑父气冲冲地回到家里,只见老伴一动不动坐着看电视。姑父火了:"侬啥体弗来?"

"唔……""害我等仔实梗点辰光,为啥弗来?阿是身体弗好?""弗……弗是格!"

"格末究竟为点啥?"

只见老姑妈脸色一红,双手捧住脸,羞涩地说:"因为……因为伲妈妈弗拨我出来!"

自 动 门

有一天,我到苏州新区某护理院看望我的先生(评弹界称正式拜过师的老师为先生)。那家护理院新近落成,环境优美。先生住在五楼的老年病区。等他睡着后我悄悄退出病房。因为老年人居多,院方特意将电梯的速度设定得极慢。我性子急,上来的时候已经很不耐烦,所以下楼时不坐电梯,直接从楼梯走下去。

一楼是精神病区,走廊尽头是两扇玻璃门,外面就是另一个出口。我到玻璃门前一站,门不动。我想,这感应自动门肯定是国产的,灵敏度低,那我来凑它吧。再走上一步,不开;退后一步,没开;往左晃一下,没反应;往右扭一下,还是不开。咦,奇怪哉,哪亨呒不反应呐?

不料我在前面晃荡,后面站了好多人在议论纷纷:"张阿姨啊,侬看格个人啥体介,拦牢伲格路,阿是勒浪跳迪斯科,还是扭秧歌啊?"

"李阿婆啊,跳舞么要到舞厅跳,哪亨等勒路浪跳。我看呀,格搭是精神病区,格个人肯定是神经病,勒浪发毛病哉!""对格,啊呀弗对!格个人是袁小良,是唱评弹格呀,哪亨会发神经病格呀?"

"是格,是格,是小良,我每个礼拜侪要看俚格文章格。我晓得哉,俚既要唱评弹,亦要写评弹,压力忒大,精神崩溃,所以发疯哉,作孽啊。李阿婆,侬来帮帮俚格忙吧!"

"好格。"两位阿婆走上前来,把玻璃门往旁边一拉,"小良,乖点啊,覅跳舞哉,快点走啊!"

啊?原来不是自动门!羞得我无地自容,落荒而逃。

寿 男 人

苏州人常说:"好男要带三分寿。"这个"寿"不是长寿的意思,而是既有点傻乎乎,又热情过了头的意思。这种男人被称为"寿头"。

这个名词比较中性化,如果是两个陌生男女吵架,女的说"倷个男人哪亨实梗'寿'格啦!"那就是骂人;但如果是妻子说丈夫"倷只'寿头'!"那就是亲热。在苏州、上海一带,这种男人为数不少,我大姐夫阿平就是其中的一个。

记得在三十多年前,那时的大姐夫正在猛追我大姐,每天吃过晚饭后都赖在我家不走,帮着做家务、搞卫生,然后缠着我姐给她讲故事、变戏法。

有天晚上已是十点多钟,他恋恋不舍地正要走,突然外面下起了倾盆大雨。看着他进退两难的模样,我大姐说:"外头雨落得实梗大,倷就困勒倪屋里吧!"

"倷讲啥物事?""勿转去哉,今朝就困勒该搭吧!"

"阿是真格啊!?"他高兴地跳了起来,我大姐点点头就进屋整理床铺去了。

不料等到把被子、垫被等拿出来铺好,再回到外面一看,人不见了。咦!奇怪了,到哪里去了呐?

一直过了一个多小时,只见他被雨淋得像落汤鸡一样气喘吁吁奔了进来。

"倷到啥地方去格呀?""我……我……我到自家屋里向去拿困(睡)衣格呀!"

"啊?!"弄得大姐哭笑弗得,"倷格男人真格是只'寿头'!"

袁小良『苏派活口』作品集

阿木林

江南一带把反应迟钝、木讷寡言的男人称为"阿木林"。我有个朋友就是这种类型。他家境不错,工作很好,五官端正,但年近四十却还单身一人。因为过于老实、不善表达,而且不会揣摩女孩子的心理,所以每次约会都不欢而散。我也帮他介绍过好几个对象,但相处最长没超过三个月就拜拜了。

不过,萝卜青菜,各有所爱。他单位里有个女同事吴某却对阿木林情有独钟,喜欢他的老实、憨厚。三番五次约他吃饭、喝茶,但这位木林兄却总是弗接令子。

那天机会来了,单位要派他俩去北京出差。吴某喜出望外,推说坐飞机要晕机的,只能坐火车,而且自己出钱把软卧包厢的四个床位都包下了。

到了晚上,吴某从古代的君子好逑一直说到西方的罗曼蒂克,谁知阿木林非但一句都没听进去,反而慢慢合上双眼打起了呼噜。

吴某无可奈何只得使出了杀手锏:"阿木林啊,侬醒醒啊!"

"啊?哎哟,弗好意思,我困着哉,阿有啥事体?""我……我……"

"覅吞吞吐吐,有啥事体只管讲,我总归会得帮侬格!""阿是真格?"

"当然,快点讲呐!""我……我困弗着。"

"为啥?""因为我……我身浪向冷得嘞!"

"哎哟,我当啥格大事体,便当格,我格被头拨侬盖。"说完阿木林赶紧把自己的被子盖到了吴某身上。

"木林啊,弗派用场,我还是冷!""格末哪亨办呐?"

"我有个办法,我勒屋里格辰光,只要我冷,我妈妈就会抱牢我,我就弗冷哉!"

"哦,格末实梗,下一站我下车回苏州拿侬格妈妈接得来,侬看阿好?!"

袁小良『苏派活口』作品集

烤　熟

上次写了我姐夫阿平"寿"得可爱的趣事,有读者怀疑是否确有其事,如果是真的是否还有。当然是真的,而且类似的故事还有交交关关,再说一件,以飨读者。

前几年电热毯很流行,因为用电节约,而且价廉物美,所以到了冬天,我姐让我姐夫去买一块,我姐夫双手乱摇:"哪亨拨倷想得出格,活泼鲜跳格大活人,直接困勒电热丝上头,覅吓煞脱格啊!弗来三格,弗买!"

我姐只能自己去超市买了一块,铺在床上。他也无可奈何,只能战战兢兢地睡到上面。临睡前,我姐想起明天儿子上学的早点还没准备,就去厨房里冰箱中拿了一个速冻鸡腿放在烤箱开到微温,这样明天一早就正好可以吃。

不料,半夜两点多的时候,我姐夫突然梦中惊醒,鼻子边闻到一股香喷喷的肉味,吓得他大惊失色,浑身发抖,大呼小叫:"家主婆,豪燥醒醒啊!"

"啥体?横冷横冷?"我姐揉着眼睛不悦地问。

"弗灵光哉!闯祸哉!出大事体哉!!!"

"啥格事体大惊小怪?"

"侪是倷个断命电热毯,板要用,乃末好哉,我闻着一股肉香味道,肯定是伲两介头格屁股大腿烤熟哉!"

寿得淌淌底

苏州人把傻里傻气中尚带几分可爱的男人称为"寿头",所以有句俗话叫"好男当带三分寿"。我的同事杨某可算是名副其实的"寿"中之头了。

杨某在单位工作出色,但在家里对妻子却是言听计从。妻子嫌他阴柔有余,阳刚不足。他灵机一动,那就去看足球啊,世界第一运动,多有男人气概。正好世界第一足球强国巴西队来上海比赛,他连忙托人买了两张票,准备带妻子去体验一下最最男人的运动。不料格日单位正好有事,下班晚了,所以赶到上海虹口体育场时,比赛还有两分钟就要结束了。杨某气喘吁吁地问邻座:"请问现在几比几啊?""零比零。""哎哟,还好!"

返苏途中,杨某得意扬扬地对妻子说:"今朝幸亏迟到,倘使老早坐勒仔看台上,冷末冷煞,饿末饿煞,喊末喊煞,弄到结束,还是零比零,阿要浪费辰光,今朝合算格!"

后来妻子又嫌他品位不高,没有艺术细胞。他就花了一千多元买了两张欧洲一家著名交响乐团的演出票,下班后带着妻子去苏州文化艺术中心。因路上堵车,又迟到了,演出已经开始。他在黑暗中摸索着刚坐下就急切地问旁边的观众:"请问现在是啥格节目?""贝多芬《第九交响曲》!""啊?!啊呀!家主婆啊,对弗起,是我弗好,车子开得太慢,又迟到,现在已经是第九交响曲哉,害得侬前头八只节目赠看着!"

当晚,杨某失眠了。心疼那一千多元钱哪,少看仔八个节目啊!真格是"寿得淌淌底"。

坐火车

最近沪宁高铁开通,时速达到三百六十公里,苏州到上海仅需二十多分钟,那个感觉就一个字:爽。而且列车全封闭,冷暖空调,减速玻璃,位子宽敞,服务周到。回想三十年前的蒸汽列车,真格是作老孽:起步慢吞吞,停车三鞠躬;车门随意开,车窗关弗拢;走廊轧满人,厕所臭烘烘。

记得有一次我到上海演出结束后晚上十一点多回苏州,不料到苏州的火车票已经全部售完,有个黄牛说苏州票没有了,只有一张到常州的,加两块钱给你,到苏州下就可以了。下一班车要到凌晨四点才有,这么冷的天实在吃不消,就浪费几块钱吧,咬咬牙买了下来。

检票上车还算顺利。火车经南翔过昆山再过外跨塘,咦,奇怪,怎么过了外跨塘还不刹车呐?马上就是苏州站了呀!正好列车员走过,"同志,"我连忙拉住他,"苏州到哉,哪亨还弗停车呀?""啥物事啊,倷到苏州啊?""是格。""哎呀,该班是长途车,苏州弗停格,第一站是常州。""啊?乃末完结哉!"列车员看我可怜,出了个主意,说火车进站时会减速的,我打开车门你就往下跳,但一定要跟着火车跑一段路才不会摔倒。好办法!眼看车进站台,说时迟,那时快,我拉开车门纵身跳下火车,随着惯性拼命往前跑,真乃:赛刘翔,似姚明,胜过鲍维尔,超过罗博特,一直超过了三节车厢。不料前面的列车员看到我气喘吁吁地在追火车,连忙好心地打开车门:"小伙子啊,我来帮帮倷格忙!"伸出手来不由分说一把将我又拉上了火车,随手"呼"地关上了车门。"呜——"火车加速开出了苏州站。天哪!我是欲哭无泪,只能到常州下车再买票回苏,已是凌晨五点了。

坐火車

袁小良『蘇派活口』作品集

追火车

　　看了跳火车的故事后,有读者特别是"80后""90后"的年轻读者对我提出了质疑:该个是火车呀,亦弗是旧社会格有轨电车可以跳上跳下啊!确实,他们看到的都是全封闭的高速电气列车。但那时要落后得多,我不但跳过火车,而且还追过火车。

　　记得在二十世纪八十年代初,我在昆山的一个小镇上演出结束后赶末班火车回苏州,当我们一行三人搭乘拖拉机刚到昆山站,"丁零零"火车开车铃响了。我们急得来弗及买票,就从车站外面木栅栏的缺口处跨了进去。见火车已经启动,我们三个人便撒开六条腿"哒哒哒"追了上去。火车越开越快,眼看就要出月台了,说时迟,那时快,只见另两个人"叭,叭"纵身跳上了最后一节车厢!"轰隆轰隆……"火车渐渐远去。

　　"哈哈哈!哈哈哈!"我笑得前仰后合,蹲在地上直不起腰来。"同志,同志,"一个工作人员见状急忙来扶我,"倷啥体笑得实梗?""哈哈哈!""同志,阿是火车脱班,倷伤心得哭弗出来所以勒浪狂笑?倷身体要保重啊!"工作人员以为我要发神经病了,所以拼命在安慰我。"哈哈,我为啥笑?告诉倷,因为是我乘火车,格个两个人是来送我格,现在我蹭上去,格个两个送客倒跳仔上去哉。哈哈哈!笑煞我哉!"

袁小良『苏派活口』作品集

司仪（一）

演员在台上最怕的是两件事,第一是忘台词,第二就是念白字。记得在2010年的央视元宵晚会上,某金牌主持人把"花市灯如昼"念成了"花市灯如书",引来了全国观众的一片吐槽声。还有某地一位新上任的教育局长去一所中学检查工作发表讲话时,把"莘(shēn)莘学子"念成了"辛(xīn)辛学子",台下一片哗然。不过,以上两个例子与我太先生(老师的老师)家发生的一件事相比,那就是小巫见大巫啦!

据老师介绍,太先生如今若在世的话要一百多岁了,但那时太先生只有十岁。太先生姓潘,那年他的祖父八十大寿,遍请亲朋好友,还特意请了一位司仪主持寿礼。寿宴开始之前要举行一个拜寿仪式,由司仪喊名字,然后小辈们依次上前磕头拜寿。

不料,那个司仪是个滥竽充数的白字先生,斗大的字不识一筐。潘家家人把一张拜寿的名单给他,司仪一看第一个要行礼的是潘家儿子叫"潘根科",顿时傻眼了:"哎呀呀,除脱当中格个'根'识格,还有前头搭后头两个字侪弗识,哪亨办啊?有哉!不识格字读右面格一半,肯定弗会错格!"

司仪清一清嗓子,字正腔圆地喊了起来:"拜寿仪式现在开始,伲子——番根斗!"

啊?潘根科一听怎么要我"翻跟斗"?不会吧?司仪看他不动,又提高声音喊了一遍:"伲子——番根斗!"潘根科无可奈何只得在大厅上飞身跳起,"嘭噔"翻了一个跟斗!(未完待续)

袁小良『苏派活口』作品集

司仪（二）

书接上回。

话说潘家老爷子八十大寿,不料司仪是个白字先生,把儿子"潘根科"念成了"番根斗",潘家长子无奈,只得在大厅上翻了一个跟斗。

接下来是潘根科的妻子,那时女子地位低,嫁到夫家后就只保留姓氏。潘家媳妇姓池,所以名单上写着"媳妇池氏"。司仪一看,那个"池"字又不识,怎么办?老规矩,还是念右面一半。"媳妇——也氏!""啊?"媳妇一听:"啥物事啊?'也是'?我匆要翻跟斗格啊?"正迟疑不决间,司仪又喊了一声:"媳妇——也氏!"

"翻吧,翻吧,老公翻哉,我总归逃弗脱格!"池氏按住裙子,也翻了个跟斗。

下面是大孙女,叫潘良姿。司仪一看,只识中间一个字,有了,前面的念右面一半,后面的念上面一半,"大孙女——番良次!"大家一听:哦,对格,孙囡唔再小一辈,当然要多翻一个啊!于是,十五岁的孙女在大厅上"嘭嗵"连翻两个跟斗!

最后一个是小孙子,叫潘道思。司仪一看:"哈哈,弗碍紧哉,后头两个字侪识格!"

司仪清清嗓子,中气十足地高喊一声:"小孙子——番道思!""啊?!"小孙子一听:"啥物事啊?我要翻到死啊?"司仪又在喊:"小孙子——番道思!"十岁的小孙子无可奈何,只能在大厅上连翻了几十个跟斗,直到口吐白沫,当场晕倒。一场寿宴就此搅黄。

袁小良『苏派活口』作品集

主持人(一)

老同学韩某是一家私企的老板,今年公司效益不错,本来要大张旗鼓地操办年夜饭的,但为响应中央厉行节约的号召,所以明星大腕一律不请,所有节目全部由本公司员工排练演出,仅仅邀请了我作为导演指点辅导一下。在正式演出的前一天进行全场彩排,不料由公司行政秘书临时客串的女主持人一开口就出了洋相:"各位朋友,尊敬的韩董事长,春节联欢晚宴文艺演出——到此结束!"

"啊?!"韩某跳了起来,"要死快哉,还嚡开始就已经结束哉,实梗哪亨来三,拿主持人换脱!""慢,慢!"我连忙打圆场,"换人来弗及哉,让俚今朝夜里向好好叫练练吧!"

第二天晚上演出正式开始,我在台旁千嘱咐万叮咛:"弗好讲'到此结束',一定要讲'现在开始'阿晓得?""晓得哉!"

小姑娘身穿粉色晚礼服,款款走到舞台中央:"各位朋友,各位来宾,春节联欢晚宴文艺演出——现在开始!"

还好,总算没错。我刚松了一口气,不料那小姑娘为了挽回昨天的不好印象,又自己发挥,临时加了台词:"朋友们,你们去过黄河吗?你们看过黄河的波涛吗?听过黄河的咆哮吗?没去过?没听过?好,那就请大家欣赏大合唱——《长江之歌》!"(未完待续)

主持人（二）

书接上回。

话说朋友公司年终举行迎春联欢演出，美女员工客串主持，介绍了半天黄河情况，结果报的是《长江之歌》，下面观众笑成一片。

她还木而未觉，沾沾自喜，退到幕后："袁老师啊，侬听呐，下头效果好得弗得了呀！阿是我发挥得蛮好格?!"我又好气又好笑："哼，下头是勒浪讥笑侬呀！""哎，为啥？""侬拿长江搭黄河搞了一淘哉！""啊？哎呀，格末哪亨办呐？""错亦错哉，有啥办法？下头节目好好叫报吧！""好格。哎呀，下头只节目我一直要错格，我弗敢报哉！"

什么节目呐？是笛子独奏，但在排练时她一直报成"独子笛奏"。看她紧张的样子，我灵机一动："实梗，等歇侬到台浪向万一忘记，就对我看，我会做表情拨侬看格！""啥格表情？""看我嘴型——'笛子'格'笛'，嘴巴是扁格；而'独奏'格'独'，嘴巴是尖格。阿晓得？""晓得哉！"

大合唱结束，她忐忑不安地再次来到舞台中央："各位朋友，各位来宾，下面请您欣赏的是……"果然忘了，她急忙回头看我，我拼命地把嘴压扁"笛……笛……"，她心领神会，胸有成竹地报了下去："下面请您欣赏的是——笛子独奏！"哎哟，"额滴格神"啊，总算没错！不料，节目名字报出来，吓得我半死。

什么节目？二十世纪七十年代有首反映农民兴高采烈送公粮的笛子独奏曲叫《扬鞭催马运粮忙》，非常有名。只听她字正腔圆高亢激昂地在结束时说道："这是一首经典的曲子，美妙动听的曲子，四十岁以上的人都耳熟能详，这首曲子就是《扬鞭催马运流氓》！"（未完待续）

主持人

袁小良『苏派活口』作品集

主持人（三）

书接上回。

且说朋友公司年会，女主持人洋相百出，把《扬鞭催马运粮忙》中的"运粮忙"报成了"运流氓"！在台下的一片嘘声中，她脸涨通红退到幕后。

"袁老师，对弗起啊，我亦报错哉，真格是'青肚皮格猢狲'呀！"我已经无话可说了，但这个时候越是埋怨，错得就越厉害，只能安慰她："错亦错哉，算哉，反正就要结束哉，下一只节目是舞蹈《枫叶红了的时候》，便当格，好哉，上去吧！"笛子结束，她惊魂未定重回舞台，不加思索脱口而出："下面请欣赏舞蹈——《红叶疯了的时候》！"台下笑得人仰马翻，她狼狈不堪地逃到了台边。

"袁老师，乃末哪亨办啊？侬看台下老板火得弗得了呀，眉毛竖，眼睛弹，牙齿咬，面孔板……看上去我只饭碗头要弗保哉！"看姑娘急得眼泪都要下来了，我动了恻隐之心："覅急，覅急，我有个办法！""啥格办法，快点讲啊！""最后一只节目是大合唱《我们都是一家人》，侬互动一下，请老板上台一淘唱，俚嗓子不错，平常日脚陪客人夜总会唱歌，一直拿仔话筒弗放，今天让俚发挥一下，出出风头，肯定开心，侬看哪亨？""好办法！"姑娘兴高采烈回到舞台，"各位来宾，我们公司能有今天的业绩，能有今天的辉煌，全靠我们的领头人，所以我提议，最后一个节目请我们敬爱的董事长上台，和全体演员一起表演大合唱——《我们一家都是人》！"

主持人

袁小良『苏派活口』作品集

拎勿清

最近电视上相亲节目很吃香,但有个奇怪现象,女多男少,而且都是女的主动,不管是台上还是台下。

我也曾经被邀作为相亲节目的点评嘉宾,当节目录制完毕,我拖着疲倦的脚步走出电视台大门时,被眼前的景象吸引住了:刚才在录制现场一见钟情、速配成功的几对男女,相拥在路灯旁、树荫下,依依不舍,细语喁喁,或是盘问家庭工作情况,或是索要手机号码,不过全是女的讲,男的听。

我走到自己汽车旁正要按遥控器时,却看到最后一对速配男女正靠在汽车引擎盖上侃侃而谈,仔细一看,总是男的讲,女的听,男的滔滔不绝,女的含羞答答。我好奇心顿起:不知在说些什么呐?

只听男的说:"辰光弗早哉,阿要我送侬转去?"女的一声不吭。"侬放心好哉,我送到门口就走格,阿好?"女的仍旧一声不吭。"侬阿是弗放心我,我保证规规矩矩,弗动手动脚,阿好?"女的还是一声不吭。

"我是个正人君子,我保证,弗得到侬同意,弗拥抱,弗接吻,阿好?"女的还是不开口。

男的急了:"格末实梗,我搭侬手也不碰,只要送侬到家,我转身就走,侬看哪亨?"女的忍无可忍,抬起头来,脸涨通红,扯开嗓子说了一句话:"既然你不抱我,不吻我,不碰我,那你送我做啥呀!"

哎,怪弗道格位先生三十八岁还未结婚,真格是"拎勿清"。

拎勿清新传

几个好朋友聚会。酒过三巡,话题自然转到我的那篇"拎勿清"的文章上,高谈阔论,各抒己见。特别是最年长的徐大哥,乘着酒兴,毫不客气地说:"小良老弟,倷格文章我全部看过,全本瞎说踢出,真格是'太湖里掮马桶——野野豁豁'!哪亨拨倷讲得出,伲苏州姑娘,温柔善良而且内向,根本弗可能有格种举止行为,倷简直是对苏州姑娘的污蔑。"

"对,徐大哥讲得有道理!"他一带头,其余几位连忙跟上来,"倷肯定勒浪瞎讲,伲身边弗可能会发生格种事体,倷要向全苏州格妇女同志道歉!""对,对!"

正当我百口莫辩、难以招架之际,一声糯笃笃、嗲呖呖格声音响仔起来:"唔笃啥体横冷横冷介?"闻声望去,原来来了今天聚会中唯一的女性,芳龄三十八岁的资深美女,因种种原因,至今还待字闺中,尚未出嫁。

看到美女出现,大家顿时转移目标:"倷哪亨来得实梗晏,罚酒三杯!""慢!我迟到有原因格。""为啥?""弗好意思讲。""只管讲!""难为情格呀!""侪是自家人,弗碍紧格,讲呀!"

美女脸涨得通红,支支吾吾地说:"我,我碰着色狼哉!""勒浪啥场化?""我因为打的打弗着,所以只能坐公共汽车,弗晓得旁边一个男人,买相蛮好,就是有点色迷迷,眼乌珠骨碌碌,盯牢我看,我要紧提前一站下车。"

"不对呀,一站路蛮近格,倷哪亨会迟到一个半钟头呐?"

"有道理格,格只色狼可能是外地来格,苏州的小街小巷弗熟悉,走得慢得弗得了,我只好走一段路等一等他,转一个弯再等一下,怕他跟不上,弗晓得弄到最后还是没跟上。格只戆大,真格拎勿清,盯梢也不会盯,害得我白走仔实梗许多路!"

袁小良『苏派活口』作品集

爱国八哥

近年来,养宠物的人越来越多哉,人们养狗养猫甚至养蛇。还有的人养鸟,其中要数养八哥和鹦鹉最为有趣。

有一天,我花了五百元钱在皮市街买了只八哥送给退休在家的丈母娘。经过她的悉心调教,全家人的名字它都叫得出来,而且说得最多的是"弹钢琴、做功课",因为这是丈母娘对我女儿丽说得最多的两句话。

有电话进来它就会说:"喂,啥人?"如果你们讲话声音热闹一点,它就会哈哈笑个不停。

好友许某见了感到非常有趣,所以也去花鸟市场买了一只,不过要五千元。而且老板一分钱都不肯降,说这只八哥智商极高,不像普通的鸟只会跟你学舌,而是有独特的语言能力。

许某买回家后,迫不及待地教它:"你好!"八哥没反应。"恭喜发财!"八哥还是不吭声。

许某想到老板说它有独特的语言功能,而且电视里正好在播放日本非法抓捕我方渔船船长的新闻,就换一种语气说:"你的讲话的!"八哥不吭声。

"你的讲话的,我的大大地喜欢!"八哥仍旧不吭声。

许某拿了点鸟食在手里:"你的讲话,我的给你咪西咪西!"八哥还是一言不发。

许某火了,眼睛一瞪:"你的不讲话,死啦死啦的!"听见这句话,八哥突然扯开嗓子大喊一声:"打倒日本帝国主义!"

败亦堵车，成亦堵车

现在格私家车是越来越多哉，所以苏州古城内外堵车也成了家常便饭，每天上下班高峰时段总是车满为患、移步艰难，好多人为此上班迟到、奖金扣掉，甚至还影响到夫妻关系。

此话并非危言耸听，而是确有其事。

老同学陆女士老公在国外工作多年，最近奉调回国。陆女士欣喜若狂，开了新买的私家车，前往浦东机场迎接。不料返程时严重堵车，堵就堵吧，正好借机叙叙夫妻之情。两人在车上，一个诉说离别之苦，一个倾吐相思之情，卿卿我我、恩恩爱爱。谁知浦东大道堵，沪宁高速堵，苏州东环还是堵，开了四个多小时，把分别三年的话全部说完，实在想不出讲什么话了，可还是没到家。

两人心情烦躁起来。妻子埋怨丈夫："倷啥体坐格班飞机，齐巧碰着高峰，真个笨格！"丈夫也不买账："倷自家车技弗好，开弗快。倷只草脚，啥人要倷来接我介！""啥物事啊？嫌我车技弗好？既然实梗，搭倷离婚！""离就离！"回到家里，两人分房而睡。一宵已过，直抵来朝，夫妻俩一言不发，驱车直奔民政局。

想不到又碰着上班高峰，路上堵得严严实实。一个又一个红灯，当吃到第十二个红灯时，两人心情反而渐渐平静下来，都在默默回忆当年情景。一个在想初恋时的感觉，一个在想新婚时的甜蜜，不知不觉，吃了三十八个红灯，踩了一百廿九脚刹车，历经一个小时又四十分钟堵车后，总算来到民政局门口。两人却不肯下车哉，你看着我，我看着你，一个是情意绵绵，一个是含羞答答："老公，昨日是我弗好，我对倷忒凶哉！""弗，是我弗好，我有点猛扪哉，是我弗好！""格末老公啊，伲转去吧！""好格，家主婆啊，转去吧！"

真是败也堵车，成也堵车。

败亦堵车 成亦堵车

拆穿西洋镜

我老屋格弄堂里向住过一个号称"隔夜算"的老人。随便啥人去算命，只要侬报出姓名等简单情况后，他就会轻描淡写地说："老早就晓得侬要来，所以昨日夜里就搭侬算好哉。"他把写字台抽屉打开拿出一张纸给客人，果然上面将来人的姓名、出生年月、外貌、身高等情况写得一清二楚，看得客人目瞪口呆，佩服得五体投地。"隔夜算"就此出名，来算命的络绎不绝。

后来有个人弗买账，一定要拿俚弄穿帮，就想好办法，去寻俚算命之后请出去吃饭，买单辰光，腰里皮夹打开拿出唯一的三百元付掉。又请算命先生去喝茶，买单时打开皮夹又有了三百元。然后又请他去购物，再打开皮夹，嗨，又多仔三百元！算命先生奇怪哉，说朋友啊，侬格皮夹子里格钞票，哪亨用弗光格呐！

"先生啊！这是我的家传绝技，叫'钱不断'。源源不断，取之不尽。"

"格末阿可以传授给我呀？"

"实埂吧，侬拿'隔夜算'教我，我就拿'钱不断'教你，如何？"

算命先生一想，他来钱更容易，这个交换值得。"好，一言为定。"

那么"隔夜算"哪亨回事呐？原来他房里装着摄像头和监听器，隔壁房里有人守着，通过摄像和监听以最快速度写下来格个人情况后放在墙洞的抽屉里就可以了。

"明白了吗？那你的'钱不断'也教我呀！"

"格更简单了。"格个人拿外套一脱，只看见俚皮带上面挂着七八只一模一样的皮夹。每个里面都放了三百元钱，用掉一个，转过一个，所以就叫"钱不断"。

"啊呀，乃末我上当哉！"

朋友们，西洋镜拆穿，唔笃千万覅再上当啊。

拆穿西洋镜

袁小良『苏派活口』作品集

藏獒

都说男人五十一朵花,这话有点道理。人到中年,事业有成,如果保养得当,打扮得体,那还是相当有魅力的。

不过,也有遗憾,因为体型可以锻炼,外表可以打扮,心态可以调节,但生理上的变化却无法控制,一个是记性差,还有最讨厌的是视力明显下降。过去看到领导在台上作报告时总要从身边摸出一副眼镜戴上后再开口,心里总要嘀咕一句:到底是老年人啊。

想不到这几年自己也难逃这一关,五十岁以后,视力大不如前,写文章、读报告、看书,甚至手机写短信都要戴眼镜,所以家里、办公室、汽车里到处都备着眼镜。但是在公共场所则能不戴就不戴,以免显老,不料那天闹了笑话。

前几天去观前街买东西,刚到人民商场门口,听见有人喊:"小良啊!"连忙停下,一看是多日不见的老同学齐某:"哎哟,弟兄啊,长远弗见啊!"

"是格呀,小良啊,牵记侬得嘞,只好勒浪广电报看侬格《小良评弹》呀!""格末啥辰光一道聚聚啊!""好格呀!"

我正要走,偶然对他身边地下一看:"哎哟,弗得了,弟兄啊,侬养格藏獒啊?""藏獒?""啊呀,侬只藏獒结棍格,又是大又是壮,外加毛头好得来,乌油滴水亮晶晶,养得好格!"

"小良,弗……弗……弗好意思,弗是藏獒,是我格家主婆呀!"

"啊?!"仔细一看,原来他妻子穿了一件貂皮大衣正蹲在地上系鞋带呐!吓得我张口结舌落荒而逃……

"妻管严"

怕老婆,古时称为"惧内",现代叫作"妻管严"。不论古今中外,无一例外,而且越是文明的地方,惧内的比例就越大;男人的身份地位越高,怕老婆的现象也越多。

中国有个玉皇大帝,可说是至高无上了吧,但恰恰是个怕老婆的主儿。当王母娘娘发现了他和嫦娥的私情后,嫉妒得弗得了,经常想方设法整治老公,打击嫦娥,而玉皇也只得听之任之,奈何不得。

据新加坡《联合早报》说:新加坡社会安定,治安良好,经济蓬勃,有个重要因素就是新加坡男人"怕老婆"。丈夫们普遍对妻子疼爱有加,呵护备至,言听计从,令行禁止。所以家庭和谐,生活幸福。

而国内有家杂志去年也搞了个"最具'妻管严'潜质的城市"的民意测验。最后结果揭晓,上海男人名列榜首(二至四名分别是成都、武汉和潮州)。上海男人爱老婆、宠老婆、怕老婆,他们心甘情愿,非常享受。也因为他们,而今上海女人成了中国最令人羡慕的女人。

落笔至此,笔者颇有不平,伲苏州男人啥地方推板介?为啥"四强"亦进弗去呐?

就说我同事石某,那天下班到家,足足比平时晚了一小时。妻子不悦:"哪亨转来得实梗晏格呀?"石某满脸是汗,气喘吁吁,兴奋异常:"家主婆啊,今朝我搨着个便宜货。""啥格事体?""因为公共汽车客满,我轧弗上,索性跟勒后头跑,所以省下来两块钱,阿是蛮有青头格,喏,两块洋钿上交!"不料,妻子闻言勃然大怒:"㑚真个笨格,㑚蛮好跟勒出租车后头跑,实梗就不是可以省下十块钱了吗?"

袁小良『苏派活口』作品集

我是"妻管严"

我生在苏州,长在苏州,说的是苏州的书,弹的是苏州的曲,唱的是苏州的弹词,写的是苏州的文章……唯独我的性格与苏州人毫不相干。其他不说,就延续上个话题"妻管严"来讲吧。北方人以怕老婆为耻,全是大老爷们;上海人是真的怕老婆,但并不避讳;而苏州人明明怕老婆却死不承认。我呐,完完全全不怕老婆,却口口声声满世界地宣传我是"妻管严"。

为什么?因为据有关方面调查,和老婆吵架吵赢的,打老婆的,最后都离了;不给老婆花钱的,抠门的,最后都没发财。而怕老婆的夫妻离婚率最低,怕老婆的家庭最和谐。让着老婆的男人都收获了人生的幸福,给老婆花钱的男人都尝到了生活的甜蜜。

我深谙个中三昧,所以在外面风风火火,回到家里低眉顺眼。虽然诸如烧饭、炒菜、洗碗、拖地、洗衣等"大型"的"技术含量高"的家务活我是不干的,但递个遥控板啊拿张餐巾纸啊什么的我全包了。所以老婆平时把我名字挂在嘴上整天地喊:"袁小良!""来哉,哪亨?""帮我拿瓶指甲油!""袁小良!冰箱里拿块冷饮!""袁小良!倒点开水!"……据不完全统计,平均每小时叫我十八次。到后来我条件反射了,只要听到最后一个音和"良"相近的我都会答应。

有件事记忆犹新。二十年前,老婆怀孕了,停止了演出,我也在家陪她。那天下午她在房间午睡,突然听到一声高叫:"袁小良!"哎哟,肯定老婆醒了要喝水。"来哉!来哉!"我以最快速度奔过去打开房门一看,奇怪,老婆睡得正香,不可能喊我啊!怎么回事?"袁小良!"咦,声音好像是楼下传来的。我连忙跑到阳台上一看,只见一位郊区打扮的中年女子,推着一辆黄鱼车,车上放着几只大锅子,手里拿着个电喇叭,高声地喊:"甜酒酿!"

又见"妻管严"

最近,网络上流传着最新版的"妻管严"城市排名表,上海、杭州和苏州分别名列前三名。想不到在这自古被誉为"人间天堂"的福地也成了当代"妻管严"们的乐园。

而仅仅是一个地级市的苏州居然摘得了探花的头衔,不知是喜是忧,难道真的是"江南多才俊,吴中少丈夫"?

不管这个排名榜是否权威和真实,但我信。因为我见到的怕老婆的实在太多了,什么"工资奖金全上交,老婆讲话全要听,家务杂活全部包"的"三全男人"已经落后形势了。前几天见到一对夫妻,那个怕老婆可算是炉火纯青,令人叹为观止了。

朋友聚会,其中有对夫妻,女的夸夸其谈,男的低头吃菜,妻子还不停地在数落丈夫,嫌他不懂礼貌,只会吃,不会应酬等,唠叨了半个小时。丈夫忍无可忍,回了一句:"家主婆啊,我晓得哉,倷阿好拨我点面子?少讲几句吧!"妻子勃然大怒:"喔哟,弗得了哉,敢搭我顶嘴,倷再敢顶?!"场面上,男的实在落不下这个脸,硬着头皮又顶了一句:"我……我顶嘴倷哪亨?!""啪!"男的话音未落,女的扬手就是一记耳光!顿时,全场寂静,所有目光看着那男的,只见他脸涨通红,浑身发抖:"倷……倷打我耳光?""对,就是打倷!""好……好啊,倷阿敢再打一记?!""有啥弗敢!""啪!"结结实实又是一记耳光。

男的顿了一顿,突然,柔声说道:"家主婆啊,倷真格听我格,我叫倷打倷就打,真格乖格。家主婆啊,伲转去吧!"

匕 首

最近连续出了几件案子,都是因小三插足而引起的杀妻案,所以表兄徐某去新疆旅游的时候也买了一把闪闪发光、锋利无比、纯钢打造的匕首。每逢表嫂发脾气骂人时,他就拿出匕首,一声不吭地埋头擦拭。见此情景,表嫂吓得花容失色,再也不敢发飙,一场内战由此平息。

我问表兄:"老兄啊,阿是表嫂见㑚怕,所以不敢骂哉?""弗是格。""格末为啥㑚刀一拿出来,俚就弗发脾气呐?""因为……因为俚怕我要自杀呀!"

不料有一天,表嫂在家里请客的时候当着亲友的面为了一点小事把表兄骂得狗血喷头。表兄实在忍无可忍,怒发冲冠,回到房间,拔出匕首,冲了出来。表嫂一见,吓得转身就逃。

表兄紧追不舍,表嫂慌不择路,逃到了一条死弄堂,一看无路可走,她索性站住,猛一回头,眉毛竖,眼睛弹,牙齿咬,面孔板,双手叉腰,喉咙三板响:"㑚只杀千刀,追来追去,㑚想做啥?"

"我……我……""㑚讲,㑚到底想哪亨?"

表兄心一横,牙齿一咬,把匕首双手举起:"我……我弗想活哉。匕首拨㑚,㑚杀脱我吧!"

袁小良『苏派活口』作品集

还是"妻管严"

前文写了几则怕老婆的故事,有人质疑:这是真的吗?苏州男人有这么窝囊吗?错!这不叫窝囊,为自己的女人让步,让自己的女人幸福,把自己的女人宠着、哄着、呵护着,在外面是强者,在家里是弱者的男人,这才是真正的男人,这是二十一世纪新好男人的标杆(如果是现场演讲,此处肯定掌声如雷)!

昨天去派出所办事,刚坐下,突然,外面传来一阵哭闹声音,原来是一对小夫妻闹别扭吵到了派出所。那个女的哭得昏天黑地,特别是脸上,红一块、青一块、紫一块,明显是家庭暴力的结果。

接待民警义愤填膺地责问男的:"倷哪亨可以实梗啊?男子汉大丈夫,终归要让让女人格,倷讲啊!"在民警的训斥下,男的紧闭双唇圆睁双眼一声不吭。"倷啥体弗开口啊?"男的还是不开口,民警无奈,只能安慰女的:"格位女士,覅哭哉,倷讲讲,倷男人啥体打倷?打仔几记?""呜呜呜!""好哉,好哉,覅哭哉,伲帮倷做主,佢到底打仔倷几记啊?""呜呜呜,佢……佢甏打我!""啊?!甏打倷?格末倷格面孔浪哪亨实梗破呐?""因为……因为我化妆化得忒浓哉,一哭一闹,眼泪鼻涕嗒嗒滴,手一撸,所以面孔浪变得实梗样子哉,呜呜呜!"哦,民警一听松了口气:"格末唔笃为啥吵相骂呐?""为啥吵?倷问佢,叫格只杀千刀讲!""好格!"民警转向那男的,"倷讲,为点啥吵啊?"男的还是不开口。民警有点火了,"到底为啥吵?倷亦弗是哑子,讲啊!"

"我……我……"男的无奈,只能开口。不料,刚一张嘴,稀里哗啦,掉出来四颗门牙!

念 佛

现在流行吃素念经,因为有一批富婆,老公发财了,条件好了,孩子工作了,自己不用上班了,整天在家无事可做,一直逛商场打麻将也太无聊,那总得做点事啊,所以吃素念经就成了最好的选择。吃素可以降脂减肥,念经为了家人平安。

但凡事也得适可而止。最近一次朋友聚会,好友吕某唉声叹气,追问之下,方晓内情。原来吕某的妻子最近也信佛了,而且非常狂热,家中设一佛龛,每天跪在菩萨面前,早晨念一千遍"南无阿弥陀佛"才吃点心,晚上非要念一千遍"南无观世音菩萨"方肯上床,雷打不动,风雨无阻。有时吕某晚上回家想和妻子亲热亲热,她理都不理,自顾自念佛,弄得吕某兴趣全无。

我闻听原委,哭笑不得。趁着酒兴,顿生一计:你明天只要如此这般,便能让她迷途知返。吕某一听,拍手叫绝。

第二天,吃好晚饭,其妻正要看电视。"家主婆啊!"吕某突然高叫一声。"老公,哪亨?""家主婆啊!!""啥体?老公啊,我弗是勒浪答应侬吗?""家主婆啊!!!"

"喂!!!"吕妻火冒三丈,"侬阿是弗正常啊?我蛮好答应侬哉,还要喊点啥个魂灵头!侬聋子啊!侬发毛病啊!"

好!看到妻子发火:"家主婆啊,我只有喊仔侬三声,侬已经不耐烦光火哉,格末侬每日天两千遍喊菩萨叫观音,侬换位思考想一想,俚笃阿要弗耐烦,阿要光火格呐?!"

念佛

袁小良『苏派活口』作品集

年 龄

　　老同学胡某今年五十二岁,离异多年,其重新择偶的标准是要年轻一点。去年八月他通过QQ聊天认识了一位女友,照片上很漂亮,说是三十五岁。两个人在咖啡店里第一次约会时,虽然灯光昏暗,但胡某左看右看感觉不对。"弗好意思啊,请问侬几岁?好像弗止三十五岁吧?""我……我……""几岁?""我……我四十岁哉!"

　　胡某还是感觉不对,第二天再约会时特意安排在白天逛公园,这样可以看得清楚一点。八月的天气,酷热难当,草坪上坐了没多久,两人已挥汗如雨。特别是那女子,涂的粉全部褪掉,露出了蜡黄的皮肤和满脸的皱纹。

　　"侬……侬到底几岁?倷要做夫妻格,相互之间要坦诚相见,侬讲阿对?""是格,是格。既然实梗,我就弗瞒侬哉,我……我今年四十八岁哉!"

　　胡某感觉还是不大对,灵机一动:"我欢喜旅游格,倷明朝到杭州去白相吧,阿好?""蛮好呀,我最欢喜旅游哉!""格末蛮好,倷到超市里去买点零食,路浪吃吃,最最要紧还要去买两件加厚格羽绒滑雪衫!""啊?啥体要买滑雪衫?""因为我听说明朝杭州要落大雪,而且是鹅毛大雪,大得弗得了呀!"

　　"哈哈哈哈!"那女子笑得浑身乱抖,"哪亨拨侬讲出来格,热侬格昏哉!阿是八月里格大热天,会的落雪啊?我自出娘胎到今朝已经五十九年哉,从来赠听见过热天落雪。哈哈哈哈,笑煞我哉!"

闹 鬼

该个几日天我忙得脚亦要捎起来哉!啥体?吃年夜饭啊。许许多多的单位、公司和机构不是联欢会就是团拜会,平均每天晚上要赶两个地方。但我把握一个原则,喝酒不开车,开车不喝酒。现在对酒后驾车的处罚非常之严。其实就是不开车,酒也要少喝,俗话说:酒能误事。喝酒送医院的事也常见报端,闹出笑话的事更是屡见不鲜。

好友钱某嗜酒如命,前天单位吃年夜饭,喝得烂醉如泥,到家后上床倒头就睡。不料半夜起来上卫生间,慌慌张张将妻子推醒:"家主婆啊,家主婆,快点醒醒呐!"妻子梦中惊醒:"啥格事体,大惊小怪格!"

"家主婆啊,弗好哉,屋里向出事体哉!""到底啥格事体,豪燥讲呐!""屋里有鬼呀!""啊?啥物事啊,有鬼?勒浪啥地方?"

"刚刚我要小便,弗晓得到卫生间打开门,电灯就会得自动亮格,侬讲阿是出仔鬼哉?"妻子听完想了一下,再闻到他身上的一股酒味,明白了:"我问侬,阿是还有一阵阴风吹过来?"

"对格,对格。家主婆,侬真格是仙人呀!一阵阴风吹得我汗毛凛凛格,快点逃吧!""侬只杀千刀,多吃仔老酒勒浪瞎三话四,侬开格是冰箱门呀!"

闲鬼

袁小良『苏派活口』作品集

拖油瓶

最近,宁—杭—甬高铁开通了,从南京到杭州只要七十分钟,比本来从上海绕道节省了一半时间,就是到宁波也只需两个多小时。

但是,在高铁线的名字上闹出了笑话,好多人致电报社提出疑问:你们是不是写错了,宁—杭—甬?宁,肯定是宁波;杭,是杭州,那是毋庸置疑的;剩下的甬,那就是南京了。请问,什么时候南京的简称变成"甬"啦?是不是你们登错啦?

对这些问题,报社不知如何回答。因为众所周知,"宁"就是南京的简称,而"甬"是宁波。看到这则报道,不由得想起另一件趣事。

上月初,我出席一个宴会,入座之后,大家相互交换名片。其中有一位的名片上是上海某著名高校的博士生导师周某某。旁边请客的主人特意过来介绍:"小良啊,侬阿晓得格位周教授是啥人?"

"第一次见面,弗清爽,请侬介绍一下!"

"小良啊,格位周教授格父亲就是大名鼎鼎格鲁迅先生呀!""啊?!"

听说这位儒雅的长者竟然是从小敬仰的鲁迅的儿子,不由肃然起敬,正要上前好好请教一下。

不料,跟我一同赴宴的一位老总黄某把我拉到旁边:"小良,弗对啊,格个周夹里肯定是骗子,肯定弗是鲁迅格伲子!"

"覅瞎说,今朝实梗格场面,请客格主人是极有影响格人物,哪亨会请个骗子来呐?"

"格末我问侬,既然俚是鲁迅格伲子,为啥弗姓鲁而姓周呐?"

"哈哈哈哈!"我既好气又好笑,正要给他解释为什么鲁迅的儿子姓周,不料黄某一拍大腿自作聪明地自言自语道:"我晓得哉,俚为啥弗姓鲁!""哦,为啥?"

"格位周教授肯定弗是鲁迅格亲生伲子,苏州人有句老话叫:'父子弗同姓,定是拖油瓶!'"

自说自话

好友周某欢喜出风头、赶时髦,怎奈收入不高、财力有限,所以浑身上下全部是山寨版的:小商品市场五十元买个包号称是 LV,去丹阳一百二十元买的眼镜说是 D&G,常熟服装城买的西装冒充正宗 BOSS,白银嵌一块玻璃说是南非白金钻戒,甚至把某国产汽车换了个蓝天白云 BMW 标志说是最新款的宝马跑车……

前一阶段他开了一家公司,办公室的摆设非常热闹,进门供着关公、财神和如来佛,墙上挂满临摹的名人书画,最弹眼落睛的是办公桌上特意新买的欧式镀金电话机。

开张第一天,周某刚到办公室,"周总,有人寻侬。"门卫进来说。

哎哟,好兆头,肯定生意上门了:"请俚进来!"

来人刚进办公室,周某心想这是我第一笔生意,要掼点派头,所以假装没看见,拿起桌上的电话机:"哦,我是环球集团董事局主席周总,侬是啥人?哦,阿是李老板啊?长远弗看见哉!阿有啥事体?阿是有张单子拨我做?可以赚五六十万?对弗起,格种小生意我弗做格!啥物事啊?还要请我吃燕鲍翅?哎哟,实在呒不辰光,对弗起,再会再会。"

电话放下,装得好像刚看见来人:"弗好意思,接只电话。烦得嘞,名气太响,侬要来寻我。请问侬是——"

来人惊奇地看着那部欧式电话机说:"我是电信局格。""啊?!""侬申请装电话,还赠开通,我是来放线装电话格!"

袁小良『苏派活口』作品集

偷　窥

最近成都出了一桩新闻,李某酒后爬上围墙偷窥暗恋多年的邻居少妇刘某,不料被人发觉报警,抓进派出所后被检察院以涉嫌强奸罪起诉,后被法院判处有期徒刑一年,缓刑一年。格个色鬼为仔偷看付出格代价可以讲是创下仔吉尼斯纪录哉!相比之下,伲苏州亦出仔实梗一桩事体,但是结果倒是蛮好白相格。

新区某企业有两幢宿舍楼,分别居住男女员工。其中男宿舍的张某发现面貌俏丽、身材丰满的女同事赵某就住在对面的房间里,灵机一动,去买了一只高倍军用望远镜,躲在窗帘后,每天早晚两次偷窥赵某,连看一个多月,乐此不疲,越看越来劲。

不料,有一天清晨张某刚拿起望远镜,"丁零零……"手机响了,一看号码竟是对面的女同事赵某的,吓得张某手都发抖了,心神不定地按下通话键:"喂,侬好,我是张×,请问阿有啥事体?"

"我问侬,侬阿是天天勒浪偷看我?""格个……""侬覅赖!""我……我……""再问侬,昨天夜里肯定也偷看我格,阿对?""是……是格。""格末侬告诉我,昨日夜里我脱下来格一双黑色透明长筒丝袜放勒啥场化?我寻弗着哉!"

跳 楼

跳楼对今天的人们来说已不再是少见多怪了,而跳楼的原因多种多样,归纳起来,有三大类:一是抑郁症跳楼;二是受贿官员跳楼;三是感情纠纷、家庭矛盾、讨薪不成跳楼等。

前两种人跳楼都是毫不犹豫的,因为走上这条不归路对他们来说在心理上和生理上都是一种最大的解脱。只有第三种人例外,他(她)们的跳楼基本属于作秀,是给别人看的。

前几天,某小区的六楼楼顶上站着一位形容憔悴、神思恍惚、穿着睡衣的中年男子,嘴里喊着:"我勤活哉,我怨煞哉,我情愿死格!"

下面站满了看热闹的居民,都在议论纷纷,知道这个人是个怕老婆的,猜他绝对不会跳下来。派出所请了个能说会道的民间谈判高手上去劝他。经过一个多小时苦口婆心的开导,该男子逐渐平静下来并且在慢慢地往后退。

正在此时,他妻子得到消息赶了回来,见此情景,急得扯开嗓子对着楼上高喊:"老公啊,侬千万弗能跳啊!我搭侬年纪还轻,伲两个人做夫妻还有几十年呐!"

不料该男子刚刚平静,听她这么一喊,顿时脸涨通红,毫不犹豫地跨上几步,高喊一声:"我还是死吧!"纵身跳了下来。

谈判专家无可奈何地对那女子说:"我已经劝得俚回心转意哉,侬哪亨可以来威胁侬老公呐?!"

跳楼

袁小良『苏派活口』作品集

天价馄饨

现在格有铜钿人是越来越多哉,所以为了迎合这部分先富起来的人群,各种奢侈用品的价格已经到了令人瞠目结舌的地步。

真所谓:一两千格 BOSS 衬衣弗稀奇,两三千格阿玛尼牛仔裤只能算小弟弟,一两万格 LV 包多来稀,一瓶克莱夫基斯汀香水卖到了七十九万八千人民币。最最吃价北京车展上一辆价值两千两百多万格布加迪·威龙跑车照样有人付脱钞票后当场开转去。

苏州人亦弗推板。最近两年,专门提供给大款消费的各类会所开仔弗弗少少,但消费极高,洗个澡、做个按摩、喝杯茶的开销,可能会花去一个普通工人半年的收入。

我乡下有个亲戚这几年发了财,所以也想来享受享受掼掼派头,他也开了全新的豪华轿车来到某家会所,刚进大堂就横冷横冷喉咙三板响:"阿有服务员,搭奴来个把呢!"

看他大呼小叫的样子,服务员用不屑的口气问他:"请问是我俚的会员吗?""奴弗是格。"

"格末有 VIP 卡吗?""啥格皮勒屁勒,奴弗晓得格。"

"那先生,我们这里的消费是很贵的。""啥格闲话介!倷阿是当倪乡下人吃不铜钿啊?""唰"的一下打开皮包拉链,拿出五百元钱,丢到桌上,"搭奴来一碗鸡汤小馄饨!"

服务员笑嘻嘻地说:"先生,我们这里从来不卖半碗馄饨的。"

太 浪 费

我住的小区现在物业很好,而且保洁员工作很吃香,附近的村民都争先恐后前来应聘,因为不但待遇不错,而且小区工作环境优雅,鸟语花香。

业主们条件好、素质高,进出全是小车,绝没有人乱丢乱抛杂物,所以保洁员的工作比较轻松。而且还有个特点,业主都比较年轻,所以习惯把一些不喜欢的日常用品丢在垃圾桶内。不但有过期或即将到期的食品饮料,还有穿过一两次的衣服、皮鞋,甚至有太阳镜、电子表和手机等物品。所以保洁员往往会有意外的惊喜。

隔壁的女主人是位年轻漂亮的全职太太。前几天阳光明媚,该女主人去二楼阳台晾衣服,不料一不小心从阳台上掉了下来。

真乃无巧不成书,用说书的话来形容:芥菜籽掉勒针眼里,热水瓶塞弹勒夜壶嘴里。阳台下面正好有个垃圾桶,而且盖子没盖,"扑通"不偏不倚正好掉在了垃圾桶里。

虽然没受伤,但一惊一吓那个漂亮少妇当场昏了过去。

正巧保洁员过来倒垃圾,一看呆住了:"哎呀呀,我格天老爷啊,哪亨实梗一个漂漂亮亮、年年轻轻、标标致致、白白胖胖格女人说勥就勥哉!作孽啊!城里人真格是太浪费哉!"

失 忆

前几天和朋友聊天,聊到现在的人最怕什么,最后大家一致认定现代人有两怕:男人怕死,女人怕老。

后者尤甚,只要看看现在满大街的女子健身房、美容院、瑜伽馆和据说可以延迟更年期到来的保健产品大行其道就知道此言不虚。

其实,要永葆青春,最好的办法不是健身美容,而是要做领导,因为你有权有势,下属肯定会投其所好专挑你最喜欢的话说。

郑某是我中学时的女同学,自我感觉特好,总以为自己是西施再世,貂蝉重生。最近人到中年当了基层领导,下属们知道她的嗜好,都捏着鼻子不要脸地拼命吹捧她。

"哎呀呀,领导啊,侬年轻得来,哪亨看得出五十岁呀!""是格呀,倪领导啥地方像五十岁啊?照我看起来,身材像三十六岁,面孔像二十六岁,声音是——啊呀呀顶多只有十六岁呀!"

昨天郑某去看病,在写病情症状时,医生问她:"请问侬今年阿有几岁嘞?"

已经给下属吹捧得忘了自己真实年龄的郑某,非常优雅地蛮腰一扭,头发一撩,眉毛一扬,字正腔圆地回答:"阿是问我格年龄啊?医生啊,弗瞒侬讲,我今年已经二十六岁哉!"

医生不由一惊,对她仔细看了一看,眉头皱了皱,毫不犹豫地在郑某的病历上写了一句:此女性患者已失去记忆。

生儿子

虽说生男生女都一样,但很多将为人母的准爸爸、准妈妈们都想在怀孕初期托人找关系做B超,想预先知道怀的是男是女,然后决定是否生下来。

但因卫生部门严格规定禁止做B超探测男女性别,所以就是托了人也碍于规定而不敢说。但有时候家属实在夹夹绕,缠弗清。医务人员也会动了恻隐之心而豁个令子,如果是怀的女儿就说:是招商银行(招财进宝)!怀的是儿子就说:是建设银行(为他奋斗建设)!或者说"准备三百万吧",那就是儿子;如果说"将来香烟老酒用弗着买哉",那就是女儿。

有一对小夫妻医院没熟人,脸皮又薄,不好意思盯着问,只能听天由命。那天妻子被送进产房后,丈夫在外面心神不定、坐立不安。突然,产房门打开了,护士抱着裹着襁褓的婴儿走了出来。年轻的父亲急忙冲上去,手伸到襁褓里面一摸,高兴地喊了起来:"哈哈,好极哉,我养个伲子,我养个虎子啊!""喂!"护士说,"你勒浪喊啥?""我生了个伲子啊!""明明是女格,倷为啥讲是男格呀?""咦,我明明摸到个小鸡鸡啊!""对弗起,倷捏牢格是我格手指头,快点放手,我拨倷捏得痛煞哉!"

胎　教

　　前几天朋友聚会，多喝了几杯后，都在自吹自擂，这个说他去年赚了多少钱，那个讲今年出国要去多少个国家。但最后话题还是集中到我身上，一致认为我的女儿生得特别好。朋友们问我的女儿怎么会那么优秀的，有什么秘诀。我说有啊，两个字：胎教。女儿的乐感好，那是太太怀孕时每天弹琵琶；口才好，那是怀孕时每天听我说书。所以这都是胎教的好处。这下朋友们都来了劲，索性放下酒杯："小良，格末侬觉着养伲子还是囡唔或者一胎养几个搭胎教阿有关系呐？""当然有啊！"我故作神秘地说，"我格亲戚养仔一男一女龙凤胎，因为俚格家主婆大肚皮格辰光经常看一本书！""啥格书？""《罗密欧与朱丽叶》！""哦！""还有，我有个弟兄养格三胞胎，而且是三个男格，阿晓得为啥？""为啥？""因为俚家主婆有喜格辰光天天看一本书叫《三个火枪手》！""哦！""还有，我无锡有个朋友养仔格五胞胎，五个千金，因为俚家主婆怀孕格辰光一直看的一部电影叫《五朵金花》；还有……"刚说到这里，一位在报社工作去年才结婚的小弟兄脸色骤变，丢掉酒杯起身要走。"小张，"我连忙叫住他，"侬到啥地方去？""弗好哉，弗好哉！我家主婆刚刚怀孕，而且一直勒浪看一本书。""啥格书？""《阿里巴巴和四十大盗》！"

胎敎

袁小良『苏派活口』作品集

算命新传

现在算命的行当又死灰复燃,不过是借助高科技名目改头换面从而招摇撞骗。

前不久,朋友马某听说有人能运用纳米技术化验你的唾沫中的基因而知道祸福吉凶,急不可待前去吐了三口口水交了两千元,结果那位"国际纳米精算师"把他的口水在几个玻璃瓶中来回倒了几下,再在显微镜下看了一会,说了一句话:"侬格命大富大贵,呒不天灾人祸,自家小心哦!"

果然,今年马某一笔生意赚了八百万,儿子也考上了名牌大学,乐得他封了个一万元的大红包酬谢"国际纳米精算师",而且到处宣传如何神奇。

他的同学齐某按捺不住也去吐了三口交了三千元(涨价了),那精算师同样也对他说了以上的几句话。

不料没多久,他生意亏本,债主逼债,公司破产;家中失火,古董家具、名人字画付之一炬;酒后驾车,三车连撞,血流满面,罚款拘留……齐某气得冲上门去要讨回三千元,那位"纳米精算师"不慌不忙地说:"侬有啥理由问我讨回铜钿?"

"侬讲格:'侬格命大富大贵,呒不天灾人祸,自家小心哦!'阿对?格末我现在为啥实梗倒霉?!"

"对啊,我是讲格一点弗错,我弗赖格;不过,是侬自家理解错哉。""哪亨理解错哉?"

"我讲格是'侬格命,大富大贵呒不,天灾人祸自家小心哦'。阿对?我老早提醒侬格呀!""啊?!"

口 误（一）

连续写了几篇主持人在台上忘台词和念白字的笑话之后，就有读者在问："小良啊，倷夠有嘴说别人，没嘴说自家！"确实，我是个评弹演员，在书台上整整两个小时就是靠嘴讲话，日出万言，岂能无错，从艺三十多年来特别是当年初登台时，因为没有演出经验而说错、唱错的糗事或趣事又岂是几百个字所能概括的？容日后细述。

今天说的是发生在最近的一个真实的口误。上星期去参加一个曲艺艺术的学术研讨会。轮到我发言时，主持人特别介绍："袁小良先生是我们曲艺家协会的主席，他担任主席的这两年来，成绩斐然，硕果累累，现在我们就请他介绍一下经验！"

在一片掌声中，我非常激动地来到发言台前，清了清嗓子，非常谦虚，极其低调地开始了我的发言："各位领导，各位专家，大家好！主持人把我说得太好了，其实，我们能取得一些成绩主要是靠全体会员的努力和团体会员单位的大力支持，但最主要的是要感谢一个人，他就是我们的老主席，也就是我的前任！这些成绩都要归功于他，因为这都是他……"

我想说这都是他"在任"的时候，不料一激动，把"任"字省略掉了。"因为这都是他在的时候打下的基础！俗话说：前人栽树……"奇怪，我这句俗语还没说完，下面已经乱成一片，都在议论纷纷："什么？老先生不在啦？！啥时候走的啊？""是啊，上个月我们还一起吃饭呐，怎么就走了呐？"一位专家忍不住高声问我："小良啊，他怎么说走就走啊？生的什么病啊？"（未完待续）

口 误（二）

话说我在会议上发言时把"在任"的"任"漏掉了，所以与会者以为那位老主席不在了，一片骚动。经大会主持人提醒后我恍然大悟，连忙道歉更正，下面哄堂大笑。后来传出去，幸亏这位老艺术家乐观豁达，而且与我关系甚密，一笑了之。

同样的口误在一次同学会上也发生了。我们的同学会是不定期的，这次聚会已相隔了三年。一位女同学姓马，因为粗心，同学们都叫她"马大哈"。她旁边坐的是姓曹的女同学。好多年不见当然话很多，特别是马大哈："小曹啊，几年弗见，侬瘦哉！""哦。""侬老点哉！侬格面色弗大好啊？侬哪亨弗开口啊？咦，小曹啊，哪亨侬老公弗搭侬一淘来啊？"

我一听，暗叫"不好"，因为小曹的老公原来在涉外机构工作，虽然大部分时间在国外，但夫妻恩爱，感情极好，不料去年突发脑溢血过世了。为此，我们在小曹面前从不敢提起此事。

马大哈不知道，还在瞎起劲："侬讲啊，侬老公哪亨弗来？""俚……俚弗勒浪哉！""啊？弗勒浪？到啥地方去哉？""俚……俚……俚去哉！""啊？！去哉？"

喔，马大哈自作聪明地在想：我晓得哉。俚老公一直要出国格，肯定是到国外去哉！"小曹啊！"马大哈又语重心长非常关心地说，"唔笃夫妻实梗要好，实梗恩爱，既然侬老公去哉，侬应该跟俚一淘去格呀！"

袁小良『苏派活口』作品集

韭菜饼

民以食为天。中国人最讲究吃,笔者也是如此。因为工作关系,我这三十年来可说是吃遍五洲四海,赏尽人间美味,天上飞的、水下游的、山上爬的、地面走的……无所不吃、无所不尝,最后得出一个结论:口味与环境成反比,档次越高口味越差,档次越低口味却越好。我们单位弄堂口有个韭菜煎饼摊,虽然卫生状况不如人意,但饼味极佳,生意奇好。我也是其顾客之一。

时间长了和摊主熟悉后,就有了默契,我在路边停车也不用下来,伸一个手指,摊主马上就会送一个过来;有时胃口好,伸两个手指,他就送两个过来。前几天那个煎饼摊没有出来,一打听才知道是全国文明城市复查让城管给赶走了。直到昨天路过弄堂口看到他又摆摊了,但我在家已吃过早饭,就扬了扬手和他打了个招呼。到单位停车后,就进了办公室。

不料才过不久,只见保安领着煎饼摊老板气喘吁吁地跑进来,手里还拎着一个大袋子:"咦,老板,倷阿是寻我?""是格!""阿有啥事体?""袁老师啊,刚刚倷路过摊头,对我手一扬,伸出五只手指头,我就要紧做仔五只韭菜饼,等等倷弗来拿,所以要紧帮倷送得来哉,豪燥趁热吃吧……"

韭菜饼

袁小良『苏派活口』作品集

访欧见闻(一)

前一阶段我去欧洲演出。这次出访规格高,时间长,接待方又派了三个工作人员全程陪同,所以对当地的风土人情、社会体制等有了进一步的了解。

在培养孩子方面我们有句话一直说:不要让孩子输在起跑线上。所以从幼儿园开始家长就拼命逼着孩子学这学那的,殊不知这样做在德国是违法的。他们的幼儿园就一件事:玩。小班,自己玩;中班,一起玩;大班,样样玩。在家里,父母是绝对不能打孩子的,否则将被剥夺监护权。我们的导游小杨说了一件他自己为了管教小孩而和儿子斗智斗勇的趣事。

他有两个儿子,一个三岁,一个五岁。那天小杨买了一个变形金刚回去,两个儿子抢来抢去互不相让。小杨火了,就把大儿子打了一下,不料五岁的大儿子涨红着脸一本正经地说:"杨,侬打我啊?""侬弗乖,就是要打!""蛮好,蛮好!叫声侬杨先生,我现在正式警告侬,侬打我,已经违反仔德意志联邦共和国儿童保护法,我要报警!"小杨知道一旦报警,后果不堪设想。但毕竟在外打拼多年,经验丰富,不慌不忙把电话递过去:"侬要报警?可以啊,电话拨侬,侬打啊!""就是要打,要剥夺侬格监护权!""不过,伲子啊,我要拿格后果告诉侬,一旦报警,警察上门,我,被剥夺监护权;侬,要被带到政府格儿童院。据我了解,儿童院里有一百个小朋友,但是只有一个变形金刚!所以侬考虑一下,是登勒屋里两个人抢一个,还是去儿童院一百个人抢一个?""我……我……我弗报警哉,情愿两个人抢!"

访欧见闻

袁小良『苏派活口』作品集

访欧见闻(二)

德国既是"儿童的天堂",也是"妇女的乐园"。

因为他们的法律对妇女在婚姻上的权益是绝对维护的,如果离婚,不管任何原因,一切费用均由男方承担,还有儿女抚养费、女方赡养费,还有一点更人性化的是如果女方不再嫁人,那男方就要养她一辈子。对此德国前总理施罗德深有感触,苦头吃足。

施罗德有四次婚姻,前三次都以离婚告终。所以他不但要负担以上费用,而且三位前妻当时一个都没有再婚。这下可苦了他啦!作为德国总理,他的年薪虽然有二十四万美金,但要养四个家庭是极为艰难的。

在我们从柏林去汉堡的高速公路上,陪同人员向我们介绍:几年前,每逢周末,往往会在这条路上出现一个奇观:前面一辆又破又旧的大众高尔夫,后面跟着几辆崭新的宝马、奔驰和奥迪等豪华车。德国人都知道,前面开破车的是时任总理的施罗德,后面的是他的警卫、保镖、随从和秘书。因为他是在休息日去钓鱼度假,是绝对不能动用公车的,所以只能开自己的破车。

直到前年,他的几位前妻都相继嫁人,这位前德国总理才大大地松了口气。在领到养老金的第一天,他就去买了辆新车,逢人便喜气洋洋、兴高采烈地说:"侬阿晓得,我买仔一部新汽车呀,喔哟娘,我开心煞哉!""噢,啥格品牌啊?""高级得弗得了,格只品牌名气碰碰响,是我一生一世开过格最高档最豪华格汽车——PASSAT(帕萨特)呀!"

访欧见闻（三）

人们常用"鸟语花香"这个成语来形容空气清新环境优美的地方，但这句话放在欧洲（包括北美地区）显然并不合适。因为虽然那里鸟儿成群百花盛开，却是鸟不语花不香。而我们苏州恰恰相反，如桂花、茉莉花等，虽然并不夺人眼球，却芳香扑鼻、沁人心脾，这也可能是自然界的一种平衡吧。在欧洲还有一个现象却不是老天所赐，而是后天养成，那就是：狗不叫。

欧洲人极喜养狗，狗在马路上比比皆是，但从没有一条狗随地大小便和乱穿马路，我在欧洲十多天甚至没有听到一声狗叫。为何？原来大部分的欧洲国家都规定：养狗不但要办理登记领证等一系列手续，最关键的是一定要带狗去狗校上课，学习一切规矩和听懂最少两种语言。一种是所在国的官方语言，还有一种是主人在家里所讲的语言。

我们到丹麦演出时顺便去瑞典的赫尔辛堡玩了一天，而且联系上了老同事的女儿女婿，他们在瑞典已定居好多年了，盛情邀请我们去家里做客。

果然不错，独栋小别墅，朝南大花园。园里还有三只小花猫在打闹。"咦，唔笃哪亨弗养狗啊？"我随口问了一句。"唉，小良啊，一言难尽啊！""啊？为啥？阿是怕过敏？""弗是格！""到底啥格原因呐？""因为瑞典规定，养狗一定要送到狗校学语言，而狗校的老师一定要精通瑞典语和另一种国家的语言或方言，这里有瑞典语和广东话、闽南话、温州话、上海话，就是没有会讲苏州话的老师！所以我呒不办法养狗呀！""啊？""所以小良啊，唔笃今后一定要多来演出说书，让瑞典人听听中国最美的声音，拿吴侬软语勒浪该搭普及，最最要紧格是我好养狗哉！"

访欧见闻

袁小良『苏派活口』作品集

访欧见闻(四)

此次到欧洲演出的最后一站是丹麦首都哥本哈根。我从最近刚被评为国内最适宜人居的城市苏州来到这全世界最适宜人居的地方——哥本哈根,感觉果然不一样。体会最深的是四个字——空气真好!

在苏州,我每天最少要打三十个喷嚏,有时候一边开车,一边眼泪鼻涕嗒嗒滴,一大盒纸巾最多用两天就没了。本来一直以为是先天性鼻炎,自认倒霉。但在丹麦的三天没打过一个喷嚏,没流过一滴鼻涕!我活了五十多岁总算明白了一件事:不是我鼻子的毛病,而是空气的问题。

当然,如此好的环境、空气和人的素质,除了老天爷的眷顾和后天的教育之外,还有一个手段相当重要,那就是——重罚。

刚到酒店就出了一件事。国内的一个旅游团正要结账离店,但其中一位朱某却碰到麻烦了。原来他偷偷地在房间里抽烟,以为神不知鬼不觉,不料服务员把他的烟头、烟盒都用手机拍下了,铁证如山,总台电脑打出罚款金额:住店三天,每天五百丹麦克朗(和人民币1∶1),总计一千五百元!"啊?!啥物事啊?要一千五百块啊?阿是吃两根香烟要实梗点铜钿啊?碰着个赤佬!弗来三!吭不格!""先生,侬是法律规定,倷如果弗付,就弗能出境格!"朱某无可奈何,只能心不甘情不愿地交了一千五百元。但在临出门之际,又气又恨,回过头来对着服务台:"我呸!"狠狠地吐了一口痰。"先生,请留步,倷随地吐痰,罚款五百块!""啊?!"朱某又气又恨又羞又怒,回过身来要想破口大骂,导游连忙劝着:"倷弗能骂格。第一,高声喧哗罚款五百块;第二,侮辱人格法律起诉,弄得弗巧倾家荡产,快点罚脱铜钿走吧!"据说,朱某回国后就彻底戒烟了,因为看到香烟就心疼:一千五百块啊!

访欧见闻

袁小良『苏派活口』作品集

访欧见闻(五)

德国人的性格用两句话六个字就能概括：鼻子高，脑子方。鼻子高，是说他们高傲，在他们眼里，全世界所有的民族和人种都不如他们德意志民族高贵和纯洁；脑子方，是形容他们做事情守规矩，怎么说，怎么做，有什么规定就怎么贯彻，一点一画，实实在在。所以"德国造的产品的质量是全世界最好的"这句话，我相信没有人会有异议吧。这是德国人方脑子的优点，但这个优点放在其他方面有时会让人感到不可思议，甚至啼笑皆非。

我们在德国演出的第二站是汉堡音乐厅，主办方为保证演出质量，特意请了一位当地最好的高鼻子、蓝眼睛的音响师。下午走台，音响师通过翻译问我们要数据，什么数据。要我们嗓子最低音时是多少分贝，最高音时是多少分贝，然后要我们把在开扩音时低音频、中音频、高音频和总音量分别要求是多少分值的数据提供给他，他可以按照上面的分值给麦克风送音。听说这个要求，所有演员都目瞪口呆，面面相觑。"啊呀呀，要死快哉，哪亨会有格种规矩格呐？啥人晓得呀！""是格呀，生仔两只耳朵赠听说过，演出还要提供数据啊？呒不格！"

大家都没有数据，音响师说那只能现场调试了。德国人实在认真，每个人从高、中、低音调起，每人都设定了不同的分值，足足折腾了三个多小时，到上台前十分钟才弄好。不料，临上台前，一位女演员嗓子失声，工作人员连忙去和音响师沟通，要他把音量推高一点。德国人双手乱摇："弗来三格，刚刚已经定下来哉，弗好改格！要改要俚自家来确认格！""演员现在勒浪台浪演出，哪亨来确认呐？""格末要三个人证明签好字才可以改！"结果，等三个人签好字后，那个演员已经演出结束了。在这方面，德国人的方脑子实在是令人哭笑不得。

访欧见闻

袁小良『苏派活口』作品集

上下不分

现在寻工作难得弗得了,许多大学生找不到称心的工作。好友贾某托我为他刚刚大学毕业的儿子谋一差事。幸亏因我的职业关系朋友很多,熟人不少。我马上四处联系,总算不辱使命,为小贾在某建筑公司找了个不错的工作,薪水蛮高,而且接到业务还有提成。

送佛送到西,好人做到底,我索性又为他牵线搭桥介绍了一笔业务,双方谈得非常满意,马上签约动工。

前几天在路上偶遇小贾,想到给他介绍的生意,就顺便问道:"小贾,上次帮侬介绍格只工程,做得哪亨介?"话中有音,我不拿回扣,但你也得谢我一下,请我吃顿饭吧。

"喔哟,袁叔叔,我是要寻侬嘞!""阿是请我吃饭?"

"弗是格,本来定好今朝请侬吃饭,弗晓得刚刚甲方来工地验收,拿我骂得狗血喷头!"

"为啥?""因为我太粗心,拿工程图纸看反掉哉,俚笃是要开一口井,结果我帮俚笃造仔一只大烟囱。乃末好哉!工程款结弗着,还要赔偿损失费八万块!"

瞎起劲

上文写了好友之子小贾上下不分,把挖井图纸看成了造烟囱,结果倒赔了几万块钱的事。好多读者很关心他,认为在当今社会,竞争这么激烈,那么傻的人能生存吗?能讨到老婆吗?确实如此,最近他在恋爱上又出了件糗事。

他新交一女友,同去外地自助游,晚上投宿一农家旅馆,但只有一个房间,而且只有一张床。

"小贾!"女友一本正经地说,"我搭侬接触弗多,所以大家要规矩一点,我困床浪向,侬困地板浪向,阿好?"

小贾连连点头:"好格好格,侬放心好哉,只管困。"果然,他说到做到,往地板上一躺,一会儿工夫就打起了呼噜。

转眼天亮了,"天亮哉,起来吧!"彻夜未眠的女友没好气地喊他。小贾睁眼一看,"啊呀,啥格太阳已经升起来哉,我来开窗,透透空气。"他边说边把窗户打开。不料一阵风吹来,把女友的一条丝巾卷出去,飘到了一棵大树上。

小贾一看,讨好的机会来了,连忙跳到窗台上,三脚两步爬上大树,拿到了丝巾,跳进房间:"侬看我本事阿大?实梗高格树照样爬上去。喏,围巾拨侬。"

不料女友脸色铁青,咬牙切齿地骂道:"侬只翘辫子,树实梗高,侬倒爬得上;床实梗低,侬哪亨爬弗上来啊?!啥人要侬瞎起劲,该爬不爬,不该爬瞎爬,今朝搭侬'古得拜'!"

墨守成规

我们评弹演员中有一种墨守成规的表演模式,叫"方口",就是老师怎么教的就怎么演,一个动作也不差,一个表情也不缺;剧本上怎样写的就怎样说,一个字也不少,一个字也不多。

而我最近在生活中看到一件趣事堪称是新墨守成规。那天陪朋友去看房子,他们在谈价钱,我闲得无聊,在楼盘小区里转悠。

咦,看到新筑的小路边有两个民工在干活,他俩的工作方式让我百思不得其解。只见一个人拿着洋镐在前面挖坑,挖了一个往前几米再挖一个,一路挖过去。而奇怪的是后面一个人,拿着一把铁锹,你挖一个他就在后面填一个,挖一个填一个……

我实在忍不住了:"两位师傅啊,请停一停!""啥事体?""唔笃两个人勒浪啥体啊?""伲两个是绿化工人呀!""格末唔笃一个挖一个填是啥意思啊?""哦,是实梗格,伲本来是弟兄三个一淘做工格,老大专门负责挖团团(坑),老二专门负责种树,老三专门负责填土,是一条流水线,已经合作仔好几年哉。但是今朝专门负责种树格老二身体弗好,请病假哉,只有老大、老三两个人。伲弟兄几个侪是老实人呀,叫伲做啥就做啥,规规矩矩,各司其职,所以仍旧按照老规矩,一个挖,一个填……"

墨守成规

袁小良『苏派活口』作品集

显　宝

"显宝"是苏州人的俗语,北方人叫"显摆",上海人叫"海歪",当代人叫"炫富"。

前几天,我参加一个聚会,来宾俱为各界精英,并且都是携妻出席。酒过三巡,听见隔壁桌上两位富婆在显宝斗富,那个对话可真让人大饱耳福了。

"哎呀呀,李太太,长远弗看见倷哉,牵记倷呀!"

"是格呀,王太太,我亦牵记倷格呀。身体阿好?"

"身体是蛮好,就是忙得弗得了呀!"

"啊?倷亦弗上班,老公外头赚铜钿,倷忙点啥呀?"

"我一日到夜就是忙点首饰呀,讲拨倷听啊:我每天要用茅台酒清洗一颗价值三十万格南非钻戒,一尘不染锃锃亮;拿法国拉菲红酒清洗一颗四十万格红宝石,弹眼落睛炫炫红;用人头马XO清洗五十万格一方翡翠,青翠欲滴碧碧绿;用绍兴女儿红清洗一只六十万格蜜蜡挂件,熠熠生辉蜡蜡黄;拿新西兰牛奶清洗一只七十万格缅甸玉镯,晶莹滋润雪雪白;拿福建大红袍清洗一串八十万格土耳其黑珍珠项链,乌油滴水墨墨黑……总之,我忙煞哉。李太太,倷阿忙呀?"

"嘿嘿,我一点亦弗忙,因为我格首饰根本弗清洗格,只要有灰尘弗干净哉,我就随手往垃圾桶里一丢,就勍哉!"

学以致用

第三监狱就要搬迁了！这消息对中国评弹博物馆的员工来说是继干将路通地铁后的又一个喜讯。

因为评弹博物馆虽然身处干将路旁，却要转一个弯从仓街进去再到一条鲜为人知的路——中张家巷。所以很多人找不到，因为很难说清在哪个方位。

苏州大学对面？远了一点；平江路旁？巷子太多。最有名的就是"第三监狱后面"。但这样一介绍，来宾往往用疑惑的口气问："哪亨监狱会在大学和博物馆的中间呐？"

对于这个问题我的答案是：苏大是培养人，监狱是改造人，而我们博物馆是陶冶人，三位一体，不是绝配吗？

当然，这只能当笑话听。博物馆在监狱旁边，用苏州话来讲毕竟有点"泥土气、梗梗叫"。所以我听说监狱搬迁的消息，马上赶去拜访他们领导证实一下是否属实。

当第一次踏进这个神秘的地方而且得到肯定的回答时，还听到了一段管教和犯人有趣的对话：

"305啊，倷马上要刑满释放哉，到仔外头，勿再去偷鸡摸狗，好好交寻个工作，阿晓得？！"

"领导请放心，我已经想好哉，听说干将路勒浪造地铁，而且地形复杂，比较麻烦，我想去应聘帮俚笃解决技术浪向格难题！"

"啊！倷会造地铁？""弗瞒倷讲，该个几年我一直勒浪研究挖地道，不过来弗及用就要释放哉，所以我想学以致用去地铁公司做一点贡献！"

袁小良『苏派活口』作品集

巧说恋爱史

现在格婚礼越来越讲究哉。迎亲车队是奔驰、宝马、劳斯莱斯,宴请酒店去香格里拉、喜来登,款待客人用中华香烟、茅台酒,婚礼司仪也要当红主持与名人。

本人因为有着数十年的舞台演出经验而经常被邀请担当各类婚礼的司仪,所以对目前婚礼的议程可以说是倒背如流、烂熟于心。什么切蛋糕、开香槟、点蜡烛、换戒指、见父母、拜天地,还有证人发言、媒人发言、父母发言,等等。最有趣的莫过于新郎发言谈恋爱经历,那些新郎们平时谈笑风生、妙语连珠,可到了台上,特别是那个特定的环境下,往往会变得迟钝木讷,不知所措,不是手抖,就是脚晃,满脸通红,支支吾吾,语无伦次,汗如雨下。

这也难怪,不是演员出身,更没受过专业语言训练,表现紧张完全在情理之中。

但也有例外。日前我在喜来登主持了一档婚礼,新郎官本来是某大学的学生会主席,到公司又经常客串各类联欢会,所以也是能说会道,巧言善辩。

当我宣布请新郎发言谈恋爱经历时,他在掌声中接过话筒不慌不忙地说:

"各位亲朋好友,唔笃好!本新郎姓张,'大张旗鼓'格'张',新娘子姓顾,'顾全大局'格'顾'。开头伲两介头还弗认得,我一日到夜东'张'西望,俚亦只好'顾'影自怜;后来伲认得哉,我就'张'口结舌去寻俚,俚亦左'顾'右盼格勒浪等我;再后来两介头熟悉哉,我就明目'张'胆,俚亦无所'顾'忌;到今朝我择日开'张',俚亦就欣然惠'顾'!"

让　座

苏州最近评上了代表一个城市最高荣誉的"国家文明城市"称号,市民们也表现出了文化古城的居民所应有的素质:闯红灯的少了,乱抛垃圾的少了,而相互帮助的事例多了,公交车上让座也多了……说起让座,我丈母娘可是最有发言权。

我那今年刚刚满七十岁的丈母娘领到了可以免费乘坐公交车的高龄卡。为了照顾我女儿,我丈母娘前年毅然从古城区搬到了园区。虽然环境极佳,但能说会道,多年担任居民调解小组长的她深感寂寞,所以三日两头地往古城区跑,和老乡邻聊天。现在有了高龄卡,我丈母娘更是开心得合不拢口,几乎每天往古城跑一趟。

那天刚上68路公交车,位子已全坐满,一个小朋友连忙站了起来,我丈母娘急忙按住他:"小朋友啊,用弗着格,我身体好得弗得了,老虎亦打得煞嘞嗨,勁客气,倷自家坐啊!"用力把小朋友按了下去。但小朋友还是要让,我丈母娘就是不肯。

就这样,一个要让,一个不给让,你来我往。经过几个回合以后,汽车停靠在乐桥站,我丈母娘松了一口气,气喘吁吁地说:"小朋友,我要下车哉,谢谢倷啊!"不料小朋友"哇"的一声大哭了起来。"咦,倷啥体哭介?阿是弗舍得我啊?""呜……呜……""快点讲呐。""呜……我本来在东环路要下车的,你硬是把我按下去,现在已经过了好几站了,你叫我怎么办呐?呜……呜……"

袁小良『苏派活口』作品集

清 明

有一年的清明遇到了难得的好天气,阳光明媚,温度适宜。

笔者一家十余人驱车至市郊,借扫墓之名,行游春之实。到父亲墓前,趁家人点香烛扫树叶之际,我信步兜到后山。"呜呜呜!"突然,前面传来了一阵哭声。咦,奇怪,因为现在扫墓时哭的人很少。我不由循声过去,只见一个中年男子,哭得呼天抢地,悲痛欲绝,不过墓前空空荡荡,鲜花、香烛、贡品什么都没有。

那个男子一面哭,一面还咬牙切齿地指着墓碑上的中年男人的照片说:"倷弗作兴格啊,倷两腿一蹬去哉,叫我哪亨办呐!啊呀我格弟兄啊!呜呜呜……"

看他这么伤心,我动了恻隐之心,等他哭声稍低,上前安慰说:"朋友啊,人死不能复生,倷自家身体保重啊!""呜呜呜,谢谢!""请问倷哭格是啥人?阿是倷个阿哥?""弗是格!""是倷弟弟?""弗是格!""格末是啥人啊?"

"弗瞒倷讲,墓地里格人我弗认得格,从来嬾见过面呀!""啊?!格末倷哭点啥呀?"

"因为……因为俚是我现在格家主婆前头格男人,我见俚恨得弗得了!""为啥?""因为现在格家主婆待我弗好,凶得弗得了,我非但工资奖金全部上交,而且香烟老酒茶叶全部戒脱,每个月零用钿只有八十块,所有家务全部我做……我苦煞哉呀!"

"咦,朋友,家主婆待倷弗好,啥体要骂俚格前夫呐?"

"当然要怪俚啊,倘使俚弗死,俚格家主婆就弗会嫁拨我,我就弗会像现在实梗苦。侪是俚死得忒早,害仔我呀。啊呀弟兄啊,我格亲人啊!呜呜呜!"

袁小良『苏派活口』作品集

认　路

前年好友送了一只"金吉拉",据说是世界十大名猫之一,价值近万元。"金吉拉"生了三只小猫,最可爱的送给了我大姐。她爱不释手,整天给它洗澡、剪指甲、吹风、买猫食和猫沙。

可是,我姐夫阿平不高兴了,因为我姐成天伺候猫,回到家再也没人给他泡茶、给他拿拖鞋,所以对那只猫恨之入骨。那天,他瞒着妻子将猫带到玄妙观,丢在了牛角浜的一只垃圾筒内。不料,他刚回到家,"喵呜!"小猫已经在阳台上晒太阳了。第二天,把它丢在了园区湖东文化艺术中心厕所里。可到家一看,它又眯着眼睛趴在沙发上睡觉了。第三天把它丢在苏州乐园的下水道里,不料它还是先一步到家等他了。气得我姐夫血压上升,心跳加速,暗暗发誓:弗拿俫丢脱,我弗姓陈!那天半夜时分,他悄悄地起床,带着猫,驱车数十公里,开到了太湖西山岛缥缈峰,在森林里足足向里走了五公里。还不放心,又向南走了两公里,向东走了两公里,再向左走了一公里,向右走了一公里,才把猫丢在了树林里。

他妻子也就是我姐凌晨被一阵"丁零零"的电话铃声闹醒,奇怪哉:"喂,老公啊,半夜三更,俫跑到啥场化去哉呀?""家主婆啊,格只短命猫阿勒浪屋里?""让我寻寻看啊……喔,看见哉。""啊!俫快点叫格只小畜生来听电话!""啥格事体?""我勒浪太湖西山缥缈峰,迷路哉,走弗出去哉,我要问问格只小畜生,教教我,哪亨样子走出来!"

袁小良『苏派活口』作品集

触 磨

老苏州人将"粗心"叫作"触磨",而我的"触磨"在评弹界里那是相当的有名。近几年来,手机丢了十余部,眼镜忘记了二十多副,手表、围巾更是数不胜数,远至瑞典斯德哥尔摩的剧院,近到评博吴苑深处书场后台,都有我遗忘的吹风机、发胶、皮带和皮鞋。二十二年前一辆崭新的雅马哈摩托车停在家门口被盗五天居然还浑然不知,堪称姑苏"首席触磨"!不过前几天在路上遇到一位仁兄,那个"触磨"比起我来,真乃有过之而无不及也。

那天下班我刚开车至干将路与东环路交界处,见前面一男子骑着电瓶车开得飞快,后座有一个七八岁的男孩靠在他背上昏昏欲睡。突然电瓶车颠了一下,男孩一下子摔倒在路上,那个男人还木知木觉,拼命往前开。

我连忙刹车抱起小孩,加大油门追了上去,直追到园区海关门前,总算拦住了电瓶车。

那男子火冒三丈:"喂!倷啥体喇牢我格车头,倷算开仔汽车弗得了哉!"

"朋友,倷哪亨实梗'触磨'格呐?伲子掉下来也弗晓得,我帮倷送得来哉!"

那男子回头一看,大惊失色,猛然大叫了起来:"啊呀,弗好哉!""啥体?""格末倷阿看见我格家主婆跌了啥地方哉呀?"

袁小良『苏派活口』作品集

城里人真好

有段时间我参加宣传部组织的道德模范故事巡回演出,宣传好人好事。有一次到园区娄葑演出结束后,一个老太太拉着我的手激动地说:"袁老师啊,唔笃说得好得来,奴听得开心得弗得了,不过奴碰着一桩事体要讲拨俫听。"

原来老太太前年到城里看孙子,不料在人民路掉了一元钱,所以她满地在寻找。一位交警连忙过来:"好婆啊,俫勒浪寻啥物事啊?""弟弟啊,奴勒浪寻一块洋钿呀!"

"好婆,马路浪车子多,弗安全,实梗吧,俫先去白相,我帮俫寻,等歇俫再过来拿,阿好?"

"好格,好格。格末我先去看孙子哉!"但老太太去看了孙子后忘了这件事,直接回乡下了。

事隔两年,上个星期,她又来城里,路过正在开膛破肚造地铁的人民路一看,不由激动得热泪盈眶:"啊呀呀,城里人真格好格,为仔帮奴寻一块洋钿,拿马路全部翻过来哉,哎哟娘,真真好格!"

"所以袁老师啊,俫豪燥关照俚笃,勥翻哉,奴一块洋钿勥哉,弗好意思,难为情格呀!"

袁小良『苏派活口』作品集

"纯净水"洗碗

民以食为天,中国人向来对吃非常看重。特别是苏州人,对吃讲究得弗得了,哪怕是早浪向一碗面,花头亦蛮多格,有重青、宽面、汤面、烂面等讲究。

而笔者因为工作关系,整天忙于应酬,奔走在各家饭店之间。得出个结论,那就是菜的味道和店的规模不成正比。星级酒店是看场面,摆阔气,扎台型,但味道一般;而小店小摊,虽然门面小,环境差,但是非常入味,不过卫生状况实在不敢恭维,消毒设备是谈不上了,甚至有的路边摊洗碗就用一桶水,吃客也只能眼开眼闭,自我安慰叫"吃得邋遢,做个菩萨"。

不过有一次去郊区一家小饭馆的经历,至今让我耿耿于怀。朋友介绍这家店的草鸡汤不错,但是环境实在太差,三张破桌,窗户漏风,而且汤碗龌龊得不得了,油腻没洗净,还有菜叶子在上面。

"老板,倷格碗哪亨实梗龌龊格呐,调一只来!""对弗起啊,因为今朝停水,所以汏弗清爽哉!"

"弗来三格,一定要重新汏一汏!""好格,实梗吧,自来水停脱么,'纯净水'汏一汏,倷看哪亨?"

"蛮好,用纯净水更好啊,谢谢老板啊!"

老板拿碗进去,不多一会儿,回到店堂,果然格只碗一尘不染,光可鉴人。我们非常满意,等到酒足饭饱,钞票付掉:"老板,再会啊!""谢谢光临,下次再来!"

我们刚走到门口,突然"汪汪汪"几声狗叫,一条大黄狗从厨房里蹿到外面,吓得同行的一个女孩躲到了我的身后。老板见状高声呵斥那条狗:"纯净水,纯净水!不许叫,赶快回到厨房去!"

啊?!原来那条狗的名字叫"纯净水",怪不得刚刚那只碗实梗干净!

袁小良『苏派活口』作品集

打 针

该个几日天冷得弗得了,但我还是没增加衣服。因为据新潮人士说,时尚与穿衣多少成反比,越前卫,穿得越少。很多美女只穿衬衣和外套两件,而乡下老汉恰恰相反:棉毛衫、衬衫、羊毛衫、高领衫、棉背心、两用衫、羽绒服等最少七件。所以为了赶时髦,前几天零下六度我还是衬衣、毛衫和外套老三件。"若要俏,咯咯叫",老话说得一点不错。到第二天早晨,我开始头昏眼花,感冒发烧,一量体温,三十八度!连忙去医院看病,医生说要挂水。我嫌时间太长,那就打针吧。

配好药,来到注射室。刚到门口,就听见里面一位老护士在说:"同学们,今朝是唔笃实习格最后一日天哉,所以大家排队来个打针考核!"我听见吓了一大跳:要死快哉,本来我感冒仔喉咙弗灵,假使实习护士来打针,拿我屁股浪向东一针西一针,弄得肿起来,我哪亨坐勒浪弹三弦唱评弹啊?!

我连忙退出去兜了一圈,回来一看注射室已经没人了,只听见里边在说:"格点小姑娘啊,真家伙,拿几个病人弄得多吃仔几化苦头啊!"我一听,哈哈,幸亏出去兜圈子。坐上凳子,"打针!"我话音刚落,里面出来一位老护士,看见我非常高兴:"哎哟,袁小良啊,侬亦来打针啊?"老护士边说边回头对里边喊,"刚刚弗及格格护士,快点出来补考!"

读 卡

苏州发行的市民卡集公交、医保和缴费等多种功能于一体,我也时常带在身边,有时不开车就坐地铁和公交拿来刷卡,确实非常方便。

前几天,多年不见的舅舅从贵州来苏州看望我母亲。他在二十世纪五十年代末大学毕业后响应国家号召去了贵阳山区,并且在那边安了家。数十年没回来,看到日新月异的苏州城感慨万千:"小良啊,想弗到现在格苏州实梗漂亮,我要好好叫去兜一兜。我晓得倷工作忙,用弗着陪我,我一个人去好哉!""好格,好格,格末舅舅啊,我张市民卡拨倷,出去坐车子便当点!""哎哟,伲格外甥真格想得周到格!"

舅舅兴冲冲地来到干将路,上了68路公交车,拿出我给他的市民卡,他以为这张卡和月票一样的,所以对司机出示了一下,就想去找座位了。

"慢慢叫!"司机连忙叫住他,"请倷读卡!"舅舅一脸茫然,只好拿起磁卡,轻声念道:"市民卡。"发动机轰鸣声很大,司机听不到他在念什么,看他不动,就指着读卡机提高声音继续说:"到那边去读!"舅舅无可奈何,只能掉头走到读卡机旁边,气沉丹田,拔高喉咙,字正腔圆,口齿清晰(舅舅小时候跟我父母学过评弹)地大声朗读:"苏州市民卡——注意事项:使用本卡需遵守章程,服务热线……"

袁小良『苏派活口』作品集

家 书

"烽火连三月,家书抵万金。"杜甫《春望》中的这两句诗不少人从小就耳熟能详。的确,在交通落后、信息闭塞的年代,家书是唯一连接分隔两地的亲人们的最重要的纽带。

前不久,一位九十高龄的评弹老艺术家向我们评弹博物馆捐赠了一批他收藏的非常珍贵的评弹资料。其中就有几十封家书,有的是他的父亲在二十世纪八十年代写给他的,更多的是三十多年前他写给儿子的。在整理的时候,其中一封是他在二十世纪八十年代初写给当时刚考进评弹学校的才十四岁的小儿子的,看了使人忍俊不禁。但在那些实实在在的大白话里面,可以看出一位艺术家对自己事业的热爱,对下一代的期望,更折射出那个年代经过"十年浩劫"后老百姓的生活水平。信是这样写的:

倪子啊,听说倷考取仔评弹学堂哉,该个是一桩大喜事。倪是评弹世家,本来当仔"文化大革命"拿评弹要绝脱哉,想弗到打倒"四人帮",评弹艺术获得新生,爸爸亦可以重登书台!倪子啊,现在爸爸勒浪常熟乡下演出,生意好得弗得了!天天客满加坐,所以书场老板开心,搭倪天天加菜:前日童子鸡,昨日老母鸡,今朝,倷阿晓得今朝吃啥?今朝老板买仔一只乌骨鸡呀!所以倪子啊,倷一定要好好练习评弹艺术,要下苦功,将来有本事,懂艺术,听客欢迎,老板开心,最最关键像爸爸一样——天天吃鸡!!!

祝:艺术进步!

父亲于常熟县董浜人民公社何村大队庙桥小队供销社书场字

假客气

老古闲话:民以食为天。中国人最喜欢也最讲究吃,苏州人尤甚。当然,现在生活水平提高,吃的方面有了质的变化,鱼翅海参、鲍鱼龙虾已不再稀罕,反而是农家菜、土灶馆等大行其道。不过二十多年前恰恰相反,那时如果有人做东请客吃饭是很有面子的事。

记得当时开明大戏院地下室新开了一家西餐馆。我们几个同事商量要去开一下洋荤。但西餐的价格要比中餐贵许多,所以大家决定"劈硬柴"(西方人叫"AA制"),十个人平均摊。

菜一只只上,果然是做工好、味道灵,可惜量少了点,而且大家早就做好了充分准备:早饭只吃半碗粥,中饭弗吃,就等着晚上吃出本钿来。所以啥格罗宋汤、沙拉、俄罗斯牛排、比利时炸鸡……来一只光一只,真所谓:眼睛像忽显(闪电),刀叉像雨点,牙齿像轧剪,喉咙像搭链,风卷残云,一扫而光。

最后上了一道点心,西式蛋糕,每人一块。可能是服务员粗心,多放了一块,所以吃到多出的最后一块,十个人目不转睛地盯着,但嘴里都在假客气:"老张倷吃,伲已经吃饱哉!""格末实梗,老景胃口大,倷吃吧!"景某块头大,胃口好,而且欢喜吃甜食,今朝格点西餐根本弗够,现在听见有人让他吃,正中下怀,但表面上还要客气一下:"我吃弗落哉。"边说边放下刀叉,拍了拍自己的肚子,"唔笃看我肚皮凸出来哉,真格吃弗下去哉!"

正在这时,突然停电了,餐厅漆黑一片,只听见景某"啊"一声惨叫。几秒钟过后,电灯又亮了,只见景某一只手抓住蛋糕,而另外有九把叉都插在了他的手背上……

家长会

路遇读者提一建议：小良啊，倷格文章哪亨一直写别人，弗写写倷自家格呐？的确，苏州人有句俗话：有嘴说别人，呒嘴说自家。格末今朝横世横，拿自己开刀，只要读者开心，我就窝心。

我这个人最大的缺点是粗心。女儿读中学时，她学校里面我基本没去过。那天好不容易抽空赶到学校参加家长会，一看教室上面是五班，我就拣个空位子坐下来。

老师在讲台上点评学生，过一会会看看我，讲几句又看看我。我不由得自鸣得意：到底有点小名气，连班主任都这么关注我。

不料老师开口了："格位阿是袁先生？""是格，是格！"我得意非凡，会不会请我签个名、合个影什么的，"老师，阿有啥事体？""袁先生，据我晓得，倷格囡唔是隔壁六班格，该搭是五班。倷快点过去吧，马上要结束哉！""啊？"我不由脸涨得通红，在其他家长的哄笑声中出了教室。因为女儿小学是五班，现在是中学以为她还是五班。从此，我牢牢记住女儿是六班。

上星期一刚上班，保安带进来十多个学生说要采访我，要写一篇关于评弹艺术的作文。我一问他们是园区星海实验学校八(六)班的，喜出望外，好极哉！原来女儿的同班同学来了。但一问，他们一脸茫然，说没有这样一个人啊。我就纳闷了，难道又是我记错了？回家问女儿怎么回事，女儿冷笑一声："老爸，你的女儿是在六班，不过不是八年级，是九年级！九(六)班，记住了吗？"

警察来哉

前阶段,杭州实行汽车摇号上牌时,苏州也弄得人心惶惶,没买车的到处打听苏州是否也要限牌。其实,限制上牌并不是好办法,不能因噎废食,交通问题宜疏不宜堵。澳门这么个弹丸之地,马路比苏州还窄,汽车平均保有量绝不在我们之下,却井然有序,从不堵车。关键还是管理和惩罚要双管齐下,而且要罚得重,罚到车主心疼,不敢再违章。饶是如此,还是有人心存侥幸,特别是违章停车始终是个顽疾。

老同学唐某最近就是违章停车,结果出了个哭笑不得的洋相。他去银行办事,但实在没地方停车,无奈,就把车停在了银行门口,叮嘱他的跟班小弟兄说:"我进去办事体,倷看牢车子,倘使有交警来,马上进来叫我一声,阿记牢?""晓得哉。老大啊,倷只管放心,进去好哉!"

唐某进去办事,不料才过五分钟,那个小跟班气喘吁吁冲到银行里面,惊慌失措地大喊一声:"老大啊,弗好哉!警察来哉,警察来哉!快点跑啊!"

瞬间,整个银行大堂鸦雀无声,几十个人的目光盯着唐某看。过了几秒钟,像炸了锅一样,所有的人都绕过唐某往大门口逃去。

唐某也站起身想走,但来不及了,用说书的话来讲:说时迟,那时快!冲过来四个保安三下五除二把唐某死死地按在地上。大堂经理松了一口气,连忙安慰大家说:"好哉好哉,弗碍紧哉,抢劫犯已经捉牢哉!"

买彩票

　　有一少妇钱某迷上了彩票,而且对一只七星彩情有独钟,但两年来花了五万多元,用尽了家中积蓄,却一无所获。后来闺蜜给她出主意,说有一位大师,专门预测彩票号码,特别准,但价钱也贵,要五千元一次。钱某咬咬牙借了钱找到大师,交了钱后正襟危坐。

　　"格位女士啊,"大师异常严肃地对她说,"现在开始我要问侬问题哉,侬一定要老老实实格回答我。侬出生年月?""1980年6月!""好。"大师在纸上记下了80两个数。"侬第一次月经来潮是?""14岁!"又记下了14。"侬结婚前有过几个男朋友?""嗯,让我想想啊,3个?5个?""到底几个?""哦,想起来哉,一共有8个!""好!"大师又记下了8。"侬打过几次胎?""格个……""讲啊!""搭以前男朋友一次,搭现在老公一次!""好格!"大师又记了2。"现在问最后一个问题,一定要老实回答!侬结婚之后,阿有婚外情?有过几个情人啊?""啥物事啊?!"闻听此言,钱某柳眉倒竖,杏眼圆睁,脸涨通红,义愤填膺,拍案而起,义正词严,"哪亨拨侬讲得出格种闲话格!我从小家教极严,熟读《列女传》《闺门训》,阿是我会有外遇啊?阿是我会出轨啊?碰着侬个赤佬,热侬格大头昏啊!""好好好,晓得哉,吓不外遇!"大师最后记了个0。"好哉,数字出来哉——8014820!侬快点按照该只号码去买,一定中500万格特等奖!"

　　钱某兴高采烈地花了两元钱买了一张彩票,到星期天晚上合家围坐在电视机前,只见主持人把彩球一个一个在依次开出来:8、0、1、4、8、2……钱某的心都要跳出来了,拼命地喊着:"0!0!0!"不料最后一个球出来,主持人大声宣布:"最后一位数是——9!"

　　"啊!"钱某一声惨叫晕了过去。醒来后,一直在自言自语:"我弗应该说谎,我要讲实话啊!"

袁小良『苏派活口』作品集

名　片

　　社会在进步,科技在发展。就拿印刷行业来说,电脑排版、激光印刷等技术越来越先进,但差错率也越来越高。究其原因,一是电脑里的汉字没有四声,但有词组,所以一不小心就会打错或者带出后面相关的字;二是人心浮躁,不肯多校对;三是文学修养低,错了也看不出来。

　　我们有位前辈表演艺术家李某到了退休年龄,被单位留用聘为艺术顾问,所以李老兴致勃勃地去广告公司印了一盒艺术顾问的名片。不料当名片送来后,只见上面印着"艺术顾门"!

　　老先生气得七窍生烟:"啥物事啊?阿是我艺术家只能照顾大门啊?!"一个电话打到广告公司:"喂,唔笃格名片哪亨印格!?""请问啥地方印错?""错得结棍嘞嗨,有'艺术顾门'格啊?""格末要哪亨印呐?""还有个'口'了,要拿格个'口'放进去,阿懂?""晓得哉,晓得哉,老先生倷放心好哉!"

　　过了两天,又一盒新名片送来了。李老打开一看,只觉得头脑发昏,血压上升,原来名片上赫然写着"艺术顾门口"!

袁小良『苏派活口』作品集

秘　方

该个几日天热煞哉,所以交关夏令用品亦卖得好得弗得了。空调来不及安装,冷饮卖得断货,特别是游泳池更是人满为患。

我女儿正中下怀,因她自幼喜水,所以每天起码有两小时泡在游泳池里,真是如鱼得水。但住在城乡接合部的一些租住户的小孩就没这么好的条件了,他们只能在门口的河浜里游泳,这是非常危险的。这几天报纸上、电视中关于在野外河道溺水身亡的报道屡见不鲜。每当看到这些报道时,真是心有余悸。

我幼时曾居住在山塘街河头,开门即是河,对面吊桥堍,旁边方基上,后靠山塘河,每逢盛夏季节,河里忽上忽下到处是圆圆的人头。我和几个同为十来岁的小邻居,趁人不备,扑通、扑通地往下跳,但总是给水呛得眼泪鼻涕嗒嗒滴,后给大人一把捞上岸来一顿臭骂:"昨日刚刚沉煞脱一个小囡,弗许下去!"没办法,只能在岸上看。

机会来了。那天下午,山塘桥堍来了一位老者,头戴草帽,脸架墨镜,旁边竖一牌子,上面写着:"不溺死秘方,只需一元,就能让你又安全又可以下水。"

我喜出望外,回家从储蓄罐里拿了一元钱,交给他。他让我把汗衫高高撩起,神神秘秘地在我肚子上写了一会儿,说:"好哉,不过现在弗许看,要等到下水之前才可以看。"

我急急忙忙奔到河边,脱掉汗衫,仔细一看,只见肚子上画了一条红线,上面写着一行字:"水深不能超过红线,否则后果自负!"

拍 照

最近结婚格人家多得弗得了,场面有大有小,规格有高有低,但是有一个现象是千篇一律的,那就是大门口和舞台上总是有一幅新郎和新娘的巨幅婚纱照。现在的摄影技巧真的是越来越好了。有的新娘子姿色平常,相貌一般,但是婚纱照上是风情万种,千娇百媚,绝不逊色于任何一位电影明星。

我有个远房堂叔,自幼居住苏州古城东郊黄天荡,因为是二十世纪五十年代结婚的,所以连结婚照都没有。现在看到小辈们一对一对的拍得那么漂亮,年近八旬的老两口非常羡慕,商量以后决定补拍结婚照。

在一个阳光明媚的星期天,老夫妻俩兴冲冲来到位于景德路上的某家婚纱影楼。接待小姐非常热情:"阿爹好婆,唔笃拍啥个照啊?""伲两介头要补拍婚纱照!""好格,格末要拍啥个价位呐?""钞票无所谓,伲乡下人现在有的是,就拍最高档次格!""好格,两位里向请。"

到摄影室坐下后,摄影师问:"两位老人,怎样拍?有什么要求吗?""伲呒不要求,一切听倷指挥,倷帮伲介绍介绍。"

"好的。"摄影师非常道地地介绍说,"拍的时候可以用侧光、背光、逆光或者半光,清楚一点的话可以全光!"

"啥格物事啊?!"我那堂叔一听,大惊失色,脸涨通红地说,"哪亨拨倷想得出格,实梗一把年纪哉,还要半脱光勒全脱光!脱出来难看煞哉,阿要难为情!啥人要看呀?老太婆啊,奴搭倷豪燥转去吧!"

袁小良『苏派活口』作品集

呒不哉

　　今年格清明节是国家第一次放清明假,所以也有了时间去郊外踏青游春。不过想起那天吃午饭的情景,还是有点啼笑皆非,苏州人叫"哭出拉乌笑嘻嘻"。

　　我给父亲扫完墓之后驱车来到湖边,准备吃点农家菜,看到并排两家小饭店,一家排队等坐,另一家空无一人。我实在饿坏了,就走进了空的一家。

　　我点了半只草鸡做汤,弗晓得横等弗来,竖等弗来。"服务员,哪亨草鸡汤还弗来呐?"

　　服务员支支吾吾地说:"因为伲该搭生意弗好,弗可能为俫杀一只鸡,要等另外再有客人来点半只鸡,所以请俫再等一歇!"

　　气得我们转身就走。还好前面那家店已有了空位子,服务员很殷勤地把我们接到里面。我脱下风衣让她挂在衣架上,然后点菜:"来半只草鸡。"

　　"对弗起,因为生意太好,已经呒不哉!"

　　"清炒虾仁?"

　　"啊呀,亦呒不哉。"

　　"响油鳝糊?"

　　"呒不哉!"

　　我没好气地说:"该个呒不,归个呒不,弗吃哉,把风衣拿来,我走了。"

　　"好格。"服务员转了一圈后回来说,"先生,弗好意思,俫格风衣亦呒不哉!"

坐公交车

坐公交车有几怕:一怕脱班,二怕拥挤,三怕小偷,四怕……这第四怕等会再说。

先说这第三怕。老同学吴某之妻可能幼年生过脑炎之类的病,所以现在讲话做事想法有点异于常人,苏州人俗语叫"点子"。

那天吴某妻子下班刚到家,兴高采烈地一路叫进去:"老公啊,快点过来,讲一桩事体拨俫听啊!""啥格事体?""我勒公交车浪向碰着小偷呀!""啊?!格末俫……""俫放心好哉,我太太平平一样物事亦弗少!""哦,家主婆啊,到底哪亨桩事体啊?""老公啊,刚刚我坐公交车,到察院场上来弗得了格人。有个男人,立勒我背后,贼头狗脑,眼睛骨碌碌,一看就晓得弗是好货。果然,我只觉着俚一只手慢慢叫往我身浪向伸过来,哼,俫想偷我格钞票,俫勒浪做梦!我两手拼命捏紧皮夹子,看俫哪亨!格个怵货,上头摸,下头摸,外面摸,里向摸……嘿嘿嘿,老公啊,格歇辰光,我想着俫曾经教过我格一句诗:任尔东西南北风,咬定青山不放松。我来改一改:凭俫上下里外摸,捏紧皮夹手不松!哈哈,随便俫哪亨摸,就是皮夹子弗拨俫摸。老公,我阿聪明,阿拎得清啊?!"吴某闻听妻子这一席话,脸涨通红,青筋直暴,一跳八丈高,喉咙三板响:"俫格神经病!俫只十三点!格个人弗是小偷,弗是扒手,俚是色鬼!是色狼呀!!!"

袁小良『苏派活口』作品集

言多必失

老一辈格苏州人为人处世保守得弗得了,特别是对小伙子,不但要求其要知书达礼,而且要求其场面浪向废话不能太多,倘使倷"嘴唇薄嚣嚣,闲话呒淘成",就要被老人斥为"显格格,马钳钳"。所以在社交场合,如果对某一件事的性质无法确定,小伙子往往选择沉默,就叫"一百个弗开口,仙人难下手"。用时尚的话来说,就是"沉默是金"。

不过也有人不买账的,我邻居贾某就是其中之一。贾某近几年工作换了十多个,从没有做满半年的,因为废话实在太多,上到天文,下至地理,古今中外,宇宙万物,无所不知,无所不晓,自封"万宝全书弗缺角"。所以人见人厌,老板经理见了他个个头痛。

最近,我介绍他去某公司给老板开车,月薪三千,结果到第三天老板就吃弗消哉!因为老板讲一句,他要说三句,凡事都要发表一番高见,老板忍无可忍下了最后通牒:"老贾,从现在开始,倷弗许开口,假使再随便插嘴,马上卷铺盖滚蛋!""晓得哉,我弗开口!"果然,在去机场接人路上,他一声不吭。接到客人返程时,老板与客人海阔天空,谈得非常尽兴,贾某几次想插嘴,想到老板的警告,三千元的收入,总算忍住。后来老板与客人聊起了植物,老板说:"树木的叶子,好像是桑叶最大。"朋友说:"不,应该是梧桐叶最大。""不,是桑叶最大!""不,梧桐叶最大!"

贾某实在忍不住了,脸涨通红,大吼一声:"我情愿卷铺盖滚蛋也要开口了!唔笃两个侪错哉,最大的应该是芭蕉叶!"

结果可想而知,真格是言多必失。

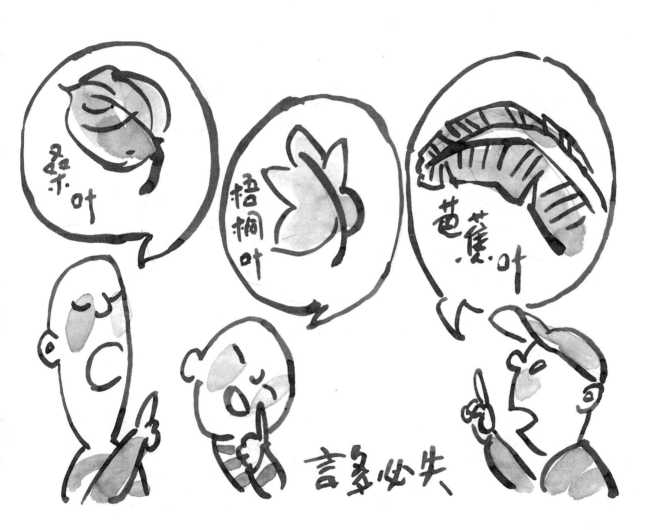

袁小良『苏派活口』作品集

章鱼和鹦鹉

在南非世界杯上人们津津乐道,谈论得最多的不是冠军西班牙队的华丽足球,也不是朝鲜队队员回国后要发配煤矿,而是德国的一条神奇的章鱼。这条名为"保罗"的章鱼,预测了八场比赛,准确率达到百分之百,引起了全世界球迷的巨大兴趣。其实很多动物的智力并不比人类差,只不过它们不能开口罢了。但有一样动物却是例外,就是鹦鹉,它不但聪明,而且还会讲话。

有一只鹦鹉是一家发廊老板娘养的,但最近扫黄打非,这家名为发廊实际从事淫秽交易的美容店关门歇业,这只鹦鹉也就转卖到了一户普通市民家里。新的女主人过来喂食,鹦鹉扯着嗓子用苏州话说:"哎呀呀,老板娘换脱哉!"她儿子进来,鹦鹉马上说:"啊呀呀,保安换脱哉!"她女儿正好走进来,鹦鹉又说:"哎呀呀,小姐亦换脱哉!"男主人听见声音也过来凑热闹,不料鹦鹉看见男主人,兴高采烈地大叫了起来:"哎呀呀!哎呀呀!客人还是老格!!!""啊!"女主人气得柳眉倒竖,"㑚只杀千刀,原来一直到格种龌龊地方去,连搭格只小畜生亦认得㑚哉,搭㑚离婚!"

章鱼和鹦鹉

袁小良『苏派活口』作品集

啥人作孽

苏州话里"作孽"是可怜的意思。

记得好多年前,我还在评弹团。那天团长把我们几个青年演员找去谈话,布置任务,要我们去虎丘敬老院演出,慰问老人。

大家都面露难色:这么热的天,要背着乐器,骑着自行车,这么多路吃力煞哉!团长语重心长地说:"唔笃现在是学艺阶段,要时时增加学习演出机会,最重要格一点,俚笃侪是孤寡老人,无儿无女、无依无靠,真格是'作孽'得弗得了。唔笃阿应该去慰问一下,表表心意?"

言之有理!格点老人的确蛮"作孽"格。伲应该去演出,让俚笃开心开心。

不料到敬老院后,演出时间将到,会议室却空无一人。我奇怪了,沿着走廊悄悄来到住宿区打探,只见院长在房间里和几个老人在谈话:"唔笃啥体弗去看演出呐?"

"院长啊,伲实在忙弗过来。早浪向要打拳、舞剑、跑步,下半日要午睡、练书法,夜里向要看电视,还要老年合唱团排节目,伲忙匆匆弗过来,落搭有辰光去看俚笃演出呐?对弗起院长啊,伲要练书法哉,倷去看吧!"

院长无可奈何发极蹦、讲极话哉:"唔笃板要去格,格几个小囡实在'作孽',团长命令,不敢弗听,实梗远格路赶过来。倘使弗演出,转去弗能交差格,唔笃就去看看吧!"

"哦,好格,好格,既然几个小囡实梗'作孽',伲就去看脱一歇吧!"

活学活用

现在找工作很矛盾,一方面是大学生找不到工作,另一方面有许多单位却又招不到人,特别是服务性行业。的确,当营业员很辛苦,而对顾客又不能得罪,如果生意不好,还要被老板骂。

前几天,我去一家小超市想买一瓶可乐解解渴,不料正好卖光。那个年轻的女营业员一看就是个新手,不好意思地说:"弗好意思,可乐呒不哉,倷到其他店里去买吧!"

我转身正要走,不料店老板听见了冲上来就训斥那个小姑娘:"倷哪亨一点弗懂生意经格,客人要买格物事如果卖脱哉,倷就要推荐俚买其他类似格产品,可乐卖光,倷要介绍雪碧、牛奶、冰红茶等;如果要买面包,卖光哉,倷就要推荐蛋糕、饼干;等等。总之弗能让生意逃掉,阿懂了?"

"老板,我懂哉!"小姑娘满脸通红地拼命点头。正在这时,进来一位中年妇女:"营业员,我要买两刀草纸!"

"好格。"不料小姑娘一看货架上已经卖光了,又不敢说没有,灵机一动,老板刚才教的要推荐同类产品,马上活学活用,"阿姨,草纸正巧卖光,不过伲刚刚进来两箱子砂皮,是金刚钻牌格,质量蛮好,倷阿要买两张去用用看?"

加 油

有段时间汽油价贵得吓煞人,短短几年时间,从三元多涨到了近七元。

苏州人向来以节俭著称,油价上涨之后,这一点在开车上充分体现了出来。从不急加速,从不急刹车,路上晃悠悠,起步慢吞吞,跟勒俚笃后头真格急煞人。也难怪,一直在算账呀:"啊呀,该个一脚刹车要浪费五角洋钿得来。""喔哟,格个一脚油门要烧脱一块几角得勒!"油价实在贵啊!

那天在东环路上看到一辆红色小车停在路中央,阻断了交通,后面催促声接连不断,喇叭声此起彼伏。"弗好意思啊!"女车主涨红着脸说,"我汽车吭不油哉,阿有啥人来帮我推到加油站啊?"那女子打扮入时,又颇有几分姿色,路人中怜香惜玉者有之,见义勇为者有之,不一会儿来了四个男子,纷纷充当护花使者。当他们低着头在近四十度的高温下汗流浃背地推着车连过几个路口后,偶然抬头一看,"啊呀,美女啊!"一个男子叫了起来,"刚刚有个加油站,倷啥体弗打方向盘转弯进去啊?""哎哟,哥哥啊,格只加油站太贵哉!前头还有只加油站要便宜五分一升,一箱油要相差两元三角四分得嘞,所以麻烦几位哥哥,再推几步路,弗远格呀,只要过四只红绿灯,转三个弯,再上一顶高架桥就到哉。实梗,唔笃推得吃力哉,我慰劳一下,唱一只《苏州好风光》拨唔笃听,阿好?"

戒 烟

"饭后一支烟,赛过活神仙。"格句闲话已经成为一批老烟枪的座右铭。的确,饭可以弗吃,水可以弗喝,觉可以弗困,但是,烟弗可以弗抽,而且抽什么牌子的烟也成了身价的象征——工薪阶层:红南京;当官的:红中华;老板:熊猫。当烟民们吞云吐雾、自得其乐的时候,殊不知尼古丁、焦油等毒素已经悄然无息地侵入了你的体内。

我有个好朋友朱君,因为香烟戒了八次都没有戒掉,所以人称"朱八戒"。那天去医院体检,查出高血压、心脏病、肺气肿、气管炎等一身毛病,急得两眼双定:"医生,倷要想办法救救我格!"

"既然实梗,倷一定要听我格闲话。""好格。""吃药打针是次要的,最最关键倷一定要戒掉香烟,阿能做到?"

"医生,我呒不其他爱好,就是喜欢抽香烟,倷要我戒脱,格末我情愿死格!"

医生无可奈何,想了个折中的办法:"格末实梗吧,倷每天饭后一支烟,其他辰光不许抽。""好,一言为定。"

几个月过后,医生看见朱君,病越来越重,人越来越胖,觉得奇怪,便问:"朱先生,倷是否听我格建议,只抽饭后一支烟?"

"医生,听倷格闲话,更加弗灵光!""哪亨?""现在我每天要吃十几顿饭,撑死脱我哉!"

重磅作品

2011年是辛亥革命爆发一百周年,海内外炎黄子孙纷纷举行各种纪念活动。

年已七十的孙某是一位业余作家,我曾多次演唱过他的作品,所以我俩成了忘年交。他虽然早已退休,但老骥伏枥,枯树发芽,发表的作品反而更多。特别是每逢国庆、五一等重要节庆日,他总有重量级的作品问世,但这次却悄无声息。

那天,在平江路正好遇见他抱着一个婴儿优哉游哉地在唱儿歌:"摇啊摇……""哎哟,孙老,倷好!""是小良啊,长远弗见哉!""孙老,要请教倷一桩事体!""啥格事体?"

"今年是辛亥革命爆发一百周年,哪亨倷一滴滴动静侪呒不,阿是身体弗好啊?""哈哈哈,小良啊,我格身体牛亦打得煞!""格末……""告诉倷,我格作品老早已经问世哉,而且是我几十年来最得意格杰作!""哦,啥格作品?""看看!"他指指抱着的婴儿:"就是我孙子格名字,伲子媳妇帮俚取个名字啥格昊天、旷世、康乾、轩宇等太直白哉,我搭孙子取格名字叫'孙串出'!"

"啊?!哪亨取实梗个怪名字,啥个意思?"

"我姓孙,就是孙中山格孙;串,是一上一下两个中组成;出,是一上一下两个山组成。所以,'孙串出'格意思,就是——孙中山+中山!既纪念了辛亥革命,又预示了我的孙子将来对社会的贡献比孙中山还要'孙中山'!"

后 记

细算下来,五十多个年头里,与我最有缘分的就一个字——书。说句调侃的话,吴敬梓《儒林外史》中的范进说自己是一出娘胎就读书,我比他更早,在娘肚子里就与书结下了不解之缘。

因为父母亲都是评弹演员,也就是俗称的"说书先生",母亲怀着我的时候还在码头上说书,母亲在台上说书,我在肚子里听书,这是我与书的缘分,也是缘起。直到我出生的那一天,母亲才停了一天去医院生下了我。半个月后,父母照常登台演出,而奶妈(那时候评弹演员的收入极高,处于社会的金字塔尖,所以我们姐弟几个都是由奶妈奶大的)与保姆抱着我在台后听书。据说,我哭闹得再厉害,只要台上醒木一拍,琵琶一弹,便会马上安静下来。我从两三岁的时候就知道自己搬着小板凳安静地在台下坐两个小时听书……这种情况一直持续到我上小学。

上小学的时候正逢"文革"时期,抄家"破四旧",好婆偷偷藏了一本民国时出版的弹词开篇集,什么《宝玉夜探》《林冲夜奔》《战长沙》等,这些经典的弹词开篇,也引起了我对《红楼梦》《水浒传》《三国演义》的兴趣,想方设法地找到了残缺不全的各种版本(那时只有《西游记》能出版),爱不释手地温读了一遍又一遍,晚上躲在被窝里还打着手电筒看书。父亲逼我练琵琶的时候我也偷偷看书。为方便看书,我常常右手弹琵琶,左手翻书,琵琶弹到了最后都变成了空弦弹奏。吊嗓子的时候我也捧着书看,时常忘记自己唱到了哪个音阶。

十七岁那一年,我没有辜负父母的期望,考取了苏州评弹团,走上了职业说书的道路。我对说书一直有一种说不清道不明的情愫。初时有些像恋人的懵懂,情到浓时的难舍难分,到后来俨然成为我生命与生活中不可或缺的一部分。我因为说书有了些名气,因为说书娶了美丽的妻子,因为说书有了可爱的女儿。

这或许是一种独到的传承,也是对书特有的尊敬吧。我与书,它升华了我,也陶醉了我。在我之前,你并不认识我是谁。你认识的是今天闲趣的我,书使我成了今天的我。

人生天地之间,若白驹过隙,忽然而已。我常常对比现在的我与幼时的我有什么区别,除了身形上、处事心态上的变化之外,我并不觉得有什么区别,幼时调皮的性格,至今我也保留着。真要挑剔地说我与幼时有什么变化的话,我想,我依旧保存着那一份童心,只是长大了就会有分寸。阅读修身,知书识礼。这也是未读书的我与读过书的我的差别。有时,我也会漫天地遐想:倘若我不是我,是未读书的我,那现在的我,又会是怎样一番景况呢?

2007年的一天,对于我来说是一个转折点。偶然的一次宴会上,惯于调动气氛的我,把日常生活中遇到的趣事绘声绘色地说了一段又一段。在众宾客击掌叫好声中,有位报社领导却默不作声了一会,再抬起头来看我的眼光竟有些发亮,这让我觉得匪夷所思;接下来她所说的话更是我未曾料想到的:"小良,有没有考虑过把你所见所闻编成文章开个专栏发表在报纸上呢?"就这样,一个星期后《苏州广播电视报》上一个崭新的专栏诞生了——《风情评弹》。

徐再思说:"平生不会相思,才会相思,便害相思。"到今时今日,我觉得改为"平生不会动笔,才会说书,便害写书"才更为贴切。就是说:这一生最头痛的就是动笔,才刚刚会说书了,却又要开始受写书的折磨。《风情评弹》出版了两三期以后,竟引来无数好评,因为我在书坛演出三十余载,上到中南海钓鱼台,下至乡镇桥庙村浜,远赴欧美东南亚,近去江浙沪苏锡常,知道观众们想听的是什么,想看的是什么,怎么样会获得更多的掌声和笑声。丰富的舞台经验与生活阅历,使我更知道观众和读者的需要。但使我措手不及的是报社特邀的还有三位一同撰稿的文人,觉得文风与我迥然不同,竟相继打了退堂鼓。待我这个马大哈反应过来时,编辑已经坐在我的对面,我的脑海中显现的画面就是我被架在了火堆上,这位编辑在撒胡椒粉。

呜呼!呜呼!真是箭在弦上,不得不发;逼上梁山,不得不上……随后《风情评弹》在我云里雾里的时候改为《小良评弹》。

一转眼,《小良评弹》已经连载十年了,我也保持了一个"无退稿、无删改、无延

时"的记录。《小良评弹》的文章不但其他的报纸杂志转载火热,吸引粉丝无数,甚至远在北京的忠实读者将其收集,自费打印编订成册送给北漂们阅览;日本友人无意间读到,特地前来征得我的同意,翻译成日文带回国去。近十年种种厚积薄发,让我觉得这些年的坚持或许等的就是这一刻。

与此同来的质疑声也不绝于耳,不知是谁写了一篇文章,文章的具体内容我是记不得了,但通篇的意思我是明白的:怀疑文章的原创性,质疑我背后还有另一个隐藏写手。这种质疑对我来说却是最好的褒奖,也是我听过最中听最朴实的声音。因为沉浸在舞台上多年的我,糖衣炮弹接收得太多,相反自己的文章足够优秀到别人怀疑出处了,我会心地笑了。

现在,应无数读者"良粉"的要求,《小良评弹》在走过了十个春秋后,将在四百多篇文章中遴选百余篇结集出版,取名为"吴袁吴故"——吴地(苏州)的袁小良讲述吴文化的故事。我的宗旨是不但要让老苏州人看了倍感亲切,莞尔一笑,还要使新苏州人看懂读懂后哈哈大笑,并在最快最短的时间内学会运用苏州话。

《吴袁吴故》的出版,首先要感谢我的恩师龚华声。是他,拜师多年来一直絮絮叨叨地对我重复一句话:"小良啊,倷格说噱弹唱、琵琶三弦已经达到相当境界,我蛮放心。但是,倷一定要动笔,一定要自己会写,否则,将来我千年之后口眼弗闭格啊!"先生,您放心,这十年来,我遵循您的谆谆教诲,已彻底远离您向来鄙夷的打牌、泡吧、K歌等生活方式,省下的时间就是说书、看书、写书。先生,我的第一本书出来后,我一定在第一时间赶到护理院,给已经在病床上一言不发地躺了八年的您绘声绘色地念每一篇文章,希望您不再像往常一样一见到我就流眼泪,而是看到您的笑容,听到您的笑声……

感谢八十高龄的著名漫画家范其恢老师。整整一个夏天,他没有休息,给文章配了百余幅漫画,给这本书增色生辉。

感谢著名作家、评弹理论家、老领导,年近八旬的朱寅全先生。在外地疗养期间,他放弃了游山玩水的时间,不吝赞美之词,为该书写了序言。

感谢九十高龄、德高望重的著名画家张继馨先生,他在医院病床上逐字逐句地写,又每字每句地校对,极其认真地写了另一篇序言。

感谢著名书画家、苏州国画院副院长马伯乐先生为我题写了书名。

哦,告诉大家一个秘密,以上四位配画、写序和题字的老师,是我所敬仰的前辈,他们不但是各自领域里的代表性人物,而且也是《小良评弹》的忠实读者哟。

还要感谢我的同事陆静、张晓燕等几位姑娘,因为在五年前我还不会用电脑打字和发邮件,只能一字一句手写后再请她们打字发出去。只要我拿着纸走进去,她们就会异口同声地高喊:"天书到!"因为我的字写得蹩脚,而性子急,写得又快,人家是龙飞凤舞,我是鸡飞狗跳,大部分的字她们看不懂,所以谓之"天书"。但她们也有私心:每次打好字后,就悄悄地把我的"天书"藏起来,说是五十年以后可能会值一点钱的。

好了,回到前面说的话题,我不怕说书,就怕写书。我周围的人都知道,我有个黑色星期四,因为周四中午十一点报社稿子截止付印,什么事情都要让路给我赶写稿子。但,我依然感到快乐无比,因为在这个写作的过程中,我发现了一种超越自我的快乐。

袁小良

于 2016 年岁首